os funerais da mamãe grande

Obras do autor

O amor nos tempos do cólera
A aventura de Miguel Littín clandestino no Chile
Cem anos de solidão
Cheiro de goiaba
Crônica de uma morte anunciada
Do amor e outros demônios
Doze contos peregrinos
Os funerais da Mamãe Grande
O general em seu labirinto
A incrível e triste história da cândida Erêndira e sua avó desalmada
Memória de minhas putas tristes
Ninguém escreve ao coronel
Notícia de um sequestro
Olhos de cão azul
O outono do patriarca
Relato de um náufrago
A revoada (O enterro do diabo)
O veneno da madrugada (A má hora)
Viver para contar

Obra jornalística

Vol. 1 – Textos caribenhos (1948-1952)
Vol. 2 – Textos andinos (1954-1955)
Vol. 3 – Da Europa e da América (1955-1960)
Vol. 4 – Reportagens políticas (1974-1995)
Vol. 5 – Crônicas (1961-1984)
O escândalo do século

Obra infantojuvenil

A luz é como a água
María dos Prazeres
A sesta da terça-feira
Um senhor muito velho com umas asas enormes
O verão feliz da senhorita Forbes
Maria dos Prazeres e outros contos (com Carme Solé Vendrell)

Teatro

Diatribe de amor contra um homem sentado

Com Mario Vargas Llosa

Duas solidões: um diálogo sobre o romance na América Latina

GABRIEL GARCÍA MÁRQUEZ

os funerais da mamãe grande

TRADUÇÃO DE
ÉDSON BRAGA

17ª edição

EDITORA RECORD
RIO DE JANEIRO • SÃO PAULO

2023

CIP-Brasil. Catalogação na fonte
Sindicato Nacional dos Editores de Livros, RJ.

G211f   García Márquez, Gabriel, 1928-2014
17ª ed.   Os funerais da Mamãe Grande / Gabriel García
     Márquez; tradução de Édson Braga. – 17ª ed. – Rio
     de Janeiro: Record, 2023.

     Tradução de: Los funerales de La Mamá Grande
     ISBN 978-85-01-01656-0

     1. Conto colombiano. I. Braga, Édson, 1938-
   II. Título.

                CDD – 868.993613
98-0316   CDU – 860(861)-3

Título original espanhol
LOS FUNERALES DE LA MAMÁ GRANDE

Copyright © 1962 by Gabriel García Márquez

Texto revisado segundo o Acordo Ortográfico da Língua Portuguesa de 1990.

Direitos de publicação exclusiva em todos os países
de língua portuguesa com exceção de Portugal adquiridos pela
EDITORA RECORD LTDA.
Rua Argentina, 171 – Rio de Janeiro, RJ – 20921-380 – Tel.: (21) 2585-2000,
que se reserva a propriedade literária desta tradução.

Impresso no Brasil

ISBN 978-85-01-01656-0

Seja um leitor preferencial Record.
Cadastre-se no site www.record.com.br e receba
informações sobre nossos lançamentos e nossas promoções.

Atendimento e venda direta ao leitor:
sac@record.com.br

Sumário

A sesta da terça-feira   7

Um dia desses   19

Nesta terra não há ladrões   25

A prodigiosa tarde de Baltazar   65

A viúva Montiel   79

Um dia depois do sábado   91

As rosas artificiais   125

Os funerais da Mamãe Grande   135

A sesta da terça-feira

O TREM SAIU do trepidante corte de pedras vermelhas, entrou na plantação de bananas, de ruas simétricas e intermináveis, e o ar se fez úmido e não se voltou a sentir a brisa do mar. Um rolo de fumaça sufocante entrou pela janela do vagão. No estreito caminho paralelo à via férrea havia carros de boi cheios de cachos verdes. Do outro lado do caminho, em inopinados espaços sem plantação, havia escritórios com ventiladores elétricos, acampamentos de tijolos vermelhos e residências com cadeiras e mesinhas brancas nas varandas, entre palmeiras e roseiras empoeiradas. Eram onze horas da manhã e ainda não começara a fazer calor.

— É melhor levantar a vidraça — disse a mulher. — Seu cabelo vai ficar cheio de carvão.

A menina tentou obedecer, mas a persiana estava presa pela ferrugem.

Eram os únicos passageiros no vagão pobre, de terceira classe. Como a fumaça da locomotiva continuasse entrando pela janela, a menina levantou-se e pôs em seu lugar os únicos objetos que levavam: uma sacola de plástico com coisas de comer e um ramo de flores embrulhado em papel de jornal. Sentou-se no banco oposto, longe da janela, de frente para a mãe. Ambas vestiam um luto rigoroso e pobre. A menina tinha doze anos e era a primeira vez que viajava. A mulher parecia velha demais para ser sua mãe, por causa das veias azuis nas pálpebras e do corpo pequeno, flácido e sem formas, em um vestido que parecia uma batina. Viajava com a coluna vertebral firmemente apoiada contra o espaldar do assento, segurando no colo com as duas mãos uma bolsa de verniz desbotado. Tinha a serenidade escrupulosa da gente acostumada à pobreza.

O calor começara ao meio-dia. O trem parou dez minutos numa estação sem povoado para abastecer-se de água. Do lado de fora, no misterioso silêncio das plantações, a sombra tinha um aspecto limpo. Mas o ar estancado dentro do vagão cheirava a couro cru. O trem não voltou a acelerar. Parou em dois povoados iguais, com casas de madeira pintadas de cores vivas. A mulher inclinou a cabeça e começou a cochilar. A menina tirou os sapatos. Depois foi ao sanitário para botar água no ramo de flores mortas.

Quando voltou a mãe esperava-a para comer. Deu-lhe um pedaço de queijo, meia broa de milho e um biscoito doce e tirou para si da sacola de plástico uma ração igual. Enquanto comiam, o trem atravessou lentamente uma ponte de ferro e passou ao largo de um povoado igual aos anteriores, só que neste havia uma multidão na praça. Uma banda de música tocava uma peça alegre sob um sol esmagador. Do outro lado do povoado, em uma planície entrecortada por trechos áridos, terminavam as plantações.

A mulher parou de comer.

— Calce os sapatos — disse.

A menina olhou para fora. Não viu nada além da planície deserta por onde o trem começava a correr de novo, mas guardou na sacola o último pedaço de biscoito e calçou rapidamente os sapatos. A mulher deu-lhe um pente.

— Penteie-se — disse.

O trem começou a apitar enquanto a menina se penteava. A mulher enxugou o suor do pescoço e limpou a gordura do rosto com os dedos. Quando a menina acabou de se pentear o trem passou diante das primeiras casas de um povoado maior, porém mais triste que os anteriores.

— Se você está com vontade de fazer alguma coisa, faça agora — disse a mulher. — Depois, mesmo que esteja morrendo de sede, não tome água em lugar nenhum. Principalmente, não vá chorar.

A menina concordou com a cabeça. Pela janela entrava um vento ardente e seco, misturado com o apito da locomotiva e o estrépito dos velhos vagões. A mulher enrolou a sacola com o resto dos alimentos e guardou-a na bolsa. Por um instante, a imagem total do povoado, na luminosa terça-feira de agosto, resplandeceu na janela.

A menina embrulhou as flores nos jornais empapados, afastou-se um pouco mais da janela e olhou fixamente para a mãe. Ela devolveu-lhe uma expressão tranquila. O trem parou de apitar e diminuiu a marcha. Um momento depois parou.

Não havia ninguém na estação. Do outro lado da rua, na calçada sombreada pelas amendoeiras, apenas o salão de bilhar estava aberto. O povoado flutuava no calor. A mulher e a menina desceram do trem, atravessaram a estação abandonada cujos ladrilhos começavam a rachar pela pressão da erva e cruzaram a rua até a calçada de sombra. Eram quase duas. A essa hora, abatido pela modorra, o povo fazia a sesta. Os armazéns, as repartições públicas, a escola municipal fechavam às onze e não voltavam a abrir até um pouco antes das quatro, quando o trem passava de volta. Só permaneciam abertos o hotel em frente à estação, sua cantina e seu salão de bilhar e o escritório do telégrafo a um canto da praça. As casas, em sua maioria construídas no mesmo estilo da companhia bananeira, tinham as portas fechadas por dentro e as persianas baixadas. Em algumas fazia tanto calor que seus moradores almoçavam no pátio. Outros recostavam uma cadeira à sombra das amendoeiras e faziam a sesta sentados em plena rua.

Procurando sempre a proteção das amendoeiras, a mulher e a menina entraram no povoado sem perturbar a sesta. Foram diretamente para a casa paroquial. A mulher raspou com a unha a tela metálica da porta, esperou um pouco e voltou a chamar. No interior zumbia um venti-

12

lador elétrico. Não se ouviram passos. Ouviu-se apenas o estalido de uma porta e em seguida uma voz cautelosa bem perto da tela metálica: "Quem é?" A mulher procurou ver através da tela.

— Preciso falar com o padre.

— Ele agora está dormindo.

— É urgente — insistiu a mulher.

Sua voz tinha uma tenacidade repousada.

A porta entreabriu-se sem ruído e surgiu uma mulher madura e gorduchinha de pele muito pálida e cabelos cor de ferro. Os olhos pareciam muito pequenos por trás das grossas lentes.

— Entrem — disse e acabou de abrir a porta.

Entraram em uma sala impregnada de um velho cheiro de flores. A mulher da casa conduziu-as até um banco de madeira e fez sinal para que se sentassem. A menina assim o fez, mas a mãe permaneceu de pé, absorta, com a bolsa apertada nas duas mãos. Não se percebia nenhum ruído além do ventilador elétrico.

A mulher da casa surgiu na porta dos fundos.

— Ele falou para voltarem depois das três — disse em voz muito baixa. — Deitou-se há cinco minutos.

— O trem sai às três e meia — disse a mulher.

Foi uma resposta rápida e firme, mas a voz continuava calma, com muitos matizes. A mulher da casa sorriu pela primeira vez.

— Bem — disse.

Quando a porta dos fundos voltou a fechar-se a mulher sentou-se ao lado da filha. A estreita sala de espera era pobre, ordenada e limpa. Do outro lado de uma balaustrada de madeira que dividia a sala havia uma mesa de trabalho, simples, coberta com um oleado, e em cima da mesa uma máquina de escrever primitiva junto a um vaso com flores. Atrás estavam os arquivos paroquiais. Notava-se que era um escritório arrumado por uma mulher solteira.

A porta dos fundos abriu-se e desta vez apareceu o sacerdote limpando os óculos com um lenço. Somente quando os colocou pareceu evidente que era irmão da mulher que abrira a porta.

— O que desejam? — perguntou.

— A chave do cemitério — disse a mulher.

A menina estava sentada com as flores ao colo e os pés cruzados debaixo do banco. O sacerdote olhou-a, depois olhou a mulher e depois, através da tela metálica da janela, o céu brilhante e sem nuvens.

— Com este calor — disse. — Podiam esperar até que o sol baixasse um pouco.

A mulher moveu a cabeça em silêncio. O sacerdote passou para o outro lado da balaustrada, tirou do armário um caderno encapado de oleado, uma caneta de madeira e um tinteiro e sentou-se à mesa. O cabelo que lhe faltava na cabeça sobrava nas mãos.

— Qual o túmulo que vão visitar? — perguntou.

— O de Carlos Centeno — disse a mulher.

— Quem?

— Carlos Centeno — repetiu a mulher.

O padre continuou sem entender.

— É o ladrão que mataram aqui na semana passada — disse a mulher no mesmo tom. — Sou mãe dele.

O sacerdote examinou-a. Ela olhou-o fixamente, com um domínio tranquilo, e o padre ruborizou-se. Baixou a cabeça para escrever. À medida que enchia a folha pedia à mulher os dados de sua identidade e ela respondia sem vacilação, com detalhes precisos, como se estivesse lendo. O padre começou a suar. A menina desabotoou a fivela do sapato esquerdo, descalçou o calcanhar e o apoiou ao contraforte do banco. Fez o mesmo com o direito.

Tudo começara na segunda-feira da semana anterior, às três da madrugada e a poucas quadras dali. A senhora Rebeca, uma viúva solitária que vivia em uma casa cheia de cacarecos, percebeu por entre o rumor da chuva fina que alguém tentava forçar a porta da rua pelo lado de fora. Levantou-se, procurou tateando no guarda-roupa um revólver arcaico que ninguém havia disparado desde os tempos do coronel Aureliano Buendía, e foi para a sala sem acender as luzes. Orientando-se menos pelo ruído da fechadura que por um terror desenvolvido nela por 28 anos de solidão, localizou na imaginação não só o lugar em que estava a porta como a altura exata da fechadura. Segurou a arma com as duas mãos, fechou os olhos e apertou o gatilho. Era a primeira vez na vida que disparava um revólver. Imediatamente após a detonação não ouviu nada além do murmúrio da chuva fina no teto de zinco. Depois percebeu um barulhinho metálico na calçada de cimento e uma voz muito baixa, tranquila, mas terrivelmente fatigada: "Ai, minha mãe."

O homem que amanheceu morto diante da casa, com o nariz despedaçado, vestia uma blusa de flanela de listras coloridas, uma calça ordinária com uma corda em lugar de cinto, e estava descalço. Ninguém o conhecia no povoado.

— Então ele se chamava Carlos Centeno — murmurou o padre quando acabou de escrever.

— Centeno Ayala — disse a mulher. — Era o único varão.

O sacerdote voltou ao armário. Penduradas em um prego por dentro da porta havia duas chaves grandes e enferrujadas, como a menina imaginava, e como imaginava a mãe quando era menina, e como deve ter imaginado alguma vez o próprio sacerdote que seriam as chaves de São Pedro. Apanhou-as, colocou-as no caderno aberto sobre a balaustrada e mostrou com o indicador um lugar na página escrita, olhando a mulher.

— Assine aqui.

A mulher garatujou o nome, sustentando a bolsa debaixo do braço. A menina apanhou as flores, dirigiu-se à balaustrada arrastando os sapatos e observou atentamente a mãe.

O pároco suspirou.

— Nunca tentou fazê-lo entrar para o bom caminho?

A mulher respondeu quando acabou de assinar.

— Era um homem muito bom.

O sacerdote olhou alternadamente a mulher e a menina e verificou com uma espécie de piedoso espanto que não pareciam a ponto de chorar. A mulher continuou inalterável:

— Eu lhe dizia que nunca roubasse nada que fizesse falta a alguém para comer e ele me escutava. Entretanto, antes, quando lutava boxe, passava até três dias na cama prostrado pelos golpes.

— Teve que arrancar todos os dentes — interveio a menina.

— Isso mesmo — confirmou a mulher. — Cada bocado que eu comia nesse tempo tinha gosto dos murros que davam em meu filho nos sábados à noite.

— A vontade de Deus é inescrutável — disse o padre.

Mas disse sem muita convicção, em parte porque a experiência tornara-o um pouco cético, e em parte devido ao calor. Recomendou-lhes que protegessem a cabeça para evitar a insolação. Indicou-lhes, bocejando e já quase completamente dormindo, como deviam fazer para encontrar a sepultura de Carlos Centeno. Na volta não precisavam bater. Deviam colocar a chave por baixo da porta, e deixar ali mesmo, se tivessem, uma esmola para a Igreja. A mulher ouviu as explicações com muita atenção, mas agradeceu sem sorrir.

Mesmo antes de abrir a porta da rua o padre viu que havia alguém olhando para dentro, com o nariz espremido contra a tela metálica. Era um grupo de meninos. Quando a porta se abriu por completo os meninos se dispersaram. A essa hora, normalmente, não havia ninguém na rua. Agora não estavam apenas os meninos. Havia grupos debaixo das amendoeiras. O padre examinou a rua distorcida pela reverberação e então compreendeu. Suavemente, voltou a fechar a porta.

— Esperem um minuto — disse, sem olhar a mulher.

Sua irmã apareceu na porta dos fundos, com uma blusa negra sobre a camisola de dormir e o cabelo solto nos ombros. Olhou o padre em silêncio.

— O que foi? — perguntou ele.

— Eles souberam — murmurou sua irmã.

— É melhor que elas saiam pela porta do pátio — disse o padre.

— Dá no mesmo — disse sua irmã. — Está todo mundo nas janelas.

A mulher parecia não ter ainda compreendido. Procurou ver a rua através da tela. Em seguida pegou o ramo de flores da menina e começou a andar em direção à porta. A menina seguiu-a.

— Esperem o sol baixar um pouco — disse o padre.

— Vocês vão se derreter — disse sua irmã, imóvel no fundo da sala. — Esperem que eu empresto uma sombrinha.

— Obrigada — replicou a mulher. — Vamos bem assim.

Pegou a menina pela mão e saiu para a rua.

Um dia desses

A SEGUNDA-FEIRA AMANHECEU quente e sem chuva. O Sr. Escovar, dentista sem título e bom madrugador, abriu o consultório às seis horas. Tirou do armário uma dentadura postiça ainda montada no molde de gesso e pôs sobre a mesa um punhado de instrumentos que arrumou pelo tamanho, como em uma exposição. Vestia uma camisa listrada, sem colarinho, fechada em cima com um botão dourado, as calças presas com suspensórios. Era rígido, enxuto, com um olhar que raramente correspondia à situação, como o olhar dos surdos.

Quando acabou de dispor as coisas sobre a mesa girou a broca em direção à poltrona de molas e sentou-se para polir a dentadura postiça. Parecia não pensar no que fazia, mas trabalhava com obstinação, pedalando a broca mesmo quando não se servia dela.

Depois das oito horas fez uma pausa para olhar o céu pela janela e viu dois urubus pensativos que se secavam ao sol na cerca da casa vizinha. Continuou trabalhando, achando que antes do almoço voltaria a chover. A voz desafinada do filho de onze anos tirou-o de sua abstração.

— Papai.

— Que é?

— O alcaide está pedindo para você arrancar um dente dele.

— Diga a ele que eu não estou.

Estava polindo um dente de ouro. Estendeu-o à distância do braço e examinou-o com os olhos meio fechados. Na salinha de espera seu filho voltou a gritar.

— Ele disse que você está sim, que ele está ouvindo você trabalhar.

O dentista continuou examinando o dente. Só quando o pôs na mesa junto a outros trabalhos terminados, falou:

— Melhor.

Voltou a trabalhar com a broca. De uma caixinha de papelão onde guardava as coisas por fazer, tirou uma ponte de várias peças e começou a polir o ouro.

— Papai.

— Que é?

Não mudara a expressão.

— Ele disse que se você não tirar o dente ele lhe dá um tiro.

Sem se apressar e, com um movimento extremamente tranquilo, parou de pedalar a broca, afastou-a da poltrona e abriu por completo a gaveta inferior da mesa. Lá estava o revólver.

— Bem — disse. — Diga-lhe que venha dar.

Girou a poltrona até ficar de frente para a porta, a mão apoiada na beira da gaveta. O alcaide surgiu no umbral. Tinha barbeado a face esquerda, mas a outra, inchada e dolorida, estava com uma barba de cinco dias. O dentista viu em seus olhos murchos muitas noites de desespero. Fechou a gaveta com a ponta dos dedos e disse suavemente.

— Sente-se.

— Bom dia — disse o alcaide.

— Bom dia — disse o dentista.

Enquanto os instrumentos ferviam, o alcaide apoiou o crânio no cabeçal da poltrona e sentiu-se melhor. Respirava um ar glacial. Era um consultório pobre: uma velha cadeira de madeira, a broca de pedal e um armário de vidro com potes de louça. Em frente à cadeira, uma janela com a parte de baixo vedada por um pano, até a altura de um homem. Quando percebeu que o dentista se aproximava, o alcaide firmou-se nos calcanhares e abriu a boca.

O Sr. Aurélio Escovar virou-lhe o rosto para a luz. Após examinar o molar doente, apalpou-lhe o maxilar com uma cautelosa pressão dos dedos.

— Tem que ser sem anestesia — disse.

— Por quê?

— Porque tem um abscesso.

O alcaide olhou-o nos olhos.

— Está bem — disse, e tentou sorrir. O dentista não lhe correspondeu. Levou para a mesa de trabalho a vasilha com os instrumentos fervidos e tirou-os da água com umas pinças frias, mas sem se apressar. Em seguida, empurrou a escarradeira com a ponta do sapato e foi lavar as mãos numa pequena bacia. Fez tudo isso sem olhar para o alcaide. Mas o alcaide não o perdeu de vista. Era um siso inferior. O dentista abriu as pernas e firmou o dente com o boticão aquecido. O alcaide agarrou-se aos braços da poltrona, descarregou toda sua força nos pés e sentiu um vazio gelado nos rins, mas não soltou um suspiro. O dentista apenas moveu o punho. Sem rancor, mas com uma amarga ternura, disse:

— O senhor vai nos pagar agora vinte mortos, tenente.

O alcaide sentiu um rangido de ossos no maxilar e seus olhos se encheram de lágrimas. Mas não suspirou até sentir sair o molar. Viu-o então através das lágrimas. Pareceu-lhe tão estranho à sua dor, que não pôde entender a tortura das cinco últimas noites. Inclinado sobre a escarradeira, suado, arquejante, desabotoou o dólmã e procurou o lenço apalpando o bolso da calça. O dentista deu-lhe um pano limpo.

— Enxugue as lágrimas — disse.

O alcaide assim fez. Estava tremendo. Enquanto o dentista lavava as mãos, olhou o teto esburacado e uma teia de aranha empoeirada com ovos de aranha e insetos mortos. O dentista voltou enxugando as mãos. "Vá para a cama — disse — e faça bochechos com água e sal." O alcaide levantou-se, despediu-se com uma displicente continência, e dirigiu-se à porta esticando as pernas, sem abotoar o dólmã.

— Mande-me a conta — disse.

— Ao senhor ou ao município?

O alcaide não o olhou. Fechou a porta, e disse através da tela metálica:

— Dá no mesmo.

Nesta terra não há ladrões

DÁMASO VOLTOU AO quarto com o canto dos primeiros galos. Ana, sua mulher, grávida de seis meses, esperava-o sentada na cama, vestida e de sapatos. A lamparina de querosene começava a apagar-se. Dámaso compreendeu que a mulher não deixara de esperá-lo um só segundo durante toda a noite e que ainda nesse momento, vendo-o à sua frente, continuava esperando. Fez-lhe um gesto tranquilizador, a que ela não respondeu. Fixou os olhos assustados no embrulho de pano vermelho que ele tinha na mão, apertou os lábios e pôs-se a tremer. Dámaso agarrou-a pela roupa com uma violência silenciosa. Exalava um bafo acre.

Ana deixou-se levantar, quase suspensa do chão. Depois jogou todo o peso do corpo para a frente, chorando sobre a blusa de listras coloridas do marido, e conservou-o abraçado pelos rins até conseguir dominar a crise.

— Dormi sentada — disse. — De repente abriram a porta e empurraram você para dentro do quarto, banhado em sangue.

Dámaso desvencilhou-se dela sem dizer nada. Sentou-a de novo na cama. Em seguida deixou a trouxa em seu colo e saiu para urinar no pátio. Ela então desamarrou o embrulho e olhou: eram três bolas de bilhar, duas brancas e uma vermelha, sem brilho, machucadas pelos golpes. Quando voltou ao quarto, Dámaso encontrou-a em uma contemplação intrigada.

— Para que serve isto? — perguntou.

Ele encolheu os ombros.

— Para jogar bilhar.

Amarrou de novo o embrulho e guardou-o, com a gazua improvisada, a lanterna de pilhas e a faca, no fundo do baú. Ana deitou-se de cara para a parede, sem tirar a roupa. Dámaso tirou apenas as calças. Estirado na cama, fumando na escuridão, procurou identificar algum rastro de sua aventura nos murmúrios dispersos da madrugada, até que percebeu que a mulher estava acordada.

— Em que é que você está pensando?

— Em nada — disse ela.

A voz, de costume matizada de registros baritonais, parecia mais densa pelo rancor. Dámaso deu uma última tragada no cigarro e esmagou a guimba no chão de terra.

— Não tinha mais nada — suspirou. — Estive lá dentro mais ou menos uma hora.

— Deviam-lhe ter dado um tiro — disse ela.

Dámaso estremeceu. "Maldita seja" — disse, golpeando com os nós dos dedos o estrado de madeira da cama. Apalpou o chão à procura dos cigarros e dos fósforos.

— Você tem entranhas de burro — disse Ana. — Devia ter lembrado que eu estava aqui sem poder dormir, pensando que iam trazer você morto cada vez que ouvia um ruído na rua. — Acrescentou com um suspiro: — E tudo isso para trazer três bolas de bilhar.

— Na gaveta só tinha vinte e cinco centavos.

— Então não devia ter trazido nada.

— O problema era entrar — disse Dámaso. — Eu não podia voltar com as mãos vazias.

— Podia apanhar outra coisa qualquer.

— Não tinha mais nada — disse Dámaso.

— Em lugar nenhum tem tantas coisas quanto no salão de bilhar.

— Isso é o que parece — disse Dámaso. — Mas depois, quando se está lá dentro, a gente olha as coisas e procura por todo lado e descobre que não tem nada que preste.

Ela fez um longo silêncio. Dámaso imaginou-a com os olhos abertos, procurando encontrar algum objeto de valor na escuridão da memória.

— Talvez — disse.

Dámaso voltou a fumar. O álcool começava a abandoná-lo, em ondas concêntricas, e ele assumia de novo o peso, o volume e a responsabilidade de seu corpo.

— Tinha um gato lá dentro — disse. — Um enorme gato branco.

Ana virou-se, apoiou o ventre crescido contra o ventre do marido e enfiou a perna entre seus joelhos. Cheirava a cebola.

— Estava muito assustado?

— Eu?

— Você — disse Ana. — Dizem que os homens também se assustam.

Percebeu que ela sorria, e sorriu.

— Um pouco — disse. — Não podia aguentar de vontade de urinar.

Deixou-se beijar sem corresponder. Em seguida, consciente dos riscos mas sem arrependimento, como que evocando as recordações de uma viagem, contou-lhe os pormenores da aventura.

Ela falou depois de um longo silêncio.

— Foi uma loucura.

— Tudo é questão de começar — disse Dámaso, fechando os olhos. — Além disso, para primeira vez, até que a coisa não saiu tão mal.

O sol começou a esquentar tarde. Quando Dámaso acordou, sua mulher tinha levantado há muito tempo. Enfiou a cabeça sob a torneira do pátio e ficou assim vários minutos, até que acabou de acordar. O quarto fazia parte de uma galeria de casas iguais e independentes, com um pátio comum atravessado por arames de secar roupa. Contra a parede posterior, separados do pátio por um tabique de lata, Ana havia instalado um fogareiro para cozinhar e esquentar os ferros de passar roupa e uma mesinha para comer e passar. Quando viu o marido se aproximar, pôs de lado a roupa passada e tirou os ferros do fogareiro para esquentar o café. Era maior do que ele, de pele muito pálida, e seus movimentos tinham aquela suave eficácia da gente acostumada à realidade.

Dentro da névoa de sua dor de cabeça, Dámaso compreendeu que a mulher queria dizer-lhe alguma coisa com o olhar. Até então não prestara atenção às vozes do pátio.

— Não falaram de outra coisa a manhã inteira — murmurou Ana, servindo o café. — Os homens foram para lá há pouco tempo.

Dámaso verificou, então, que os homens e os meninos haviam desaparecido do pátio. Enquanto tomava o café, seguiu em silêncio a conversa das mulheres que penduravam a roupa ao sol. Por fim acendeu um cigarro e saiu da cozinha.

— Teresa — chamou.

Uma menina, com a roupa molhada colada ao corpo, respondeu ao chamado.

— Tome cuidado — disse Ana. A menina aproximou-se.

— O que é que está acontecendo? — perguntou Dámaso.

— É que entraram no salão de bilhar e levaram tudo — disse a menina.

Parecia minuciosamente informada. Explicou como desmantelaram o estabelecimento, peça por peça, até levarem a mesa de bilhar. Falava com tanta convicção que Dámaso não pôde acreditar que não fosse verdade.

— Merda — disse, de volta à cozinha.

Ana começou a cantar entre os dentes. Dámaso encostou um banco na parede do pátio, procurando reprimir a ansiedade. Três meses antes, quando completou 20 anos, o bigode linear, cultivado não apenas com um secreto espírito de sacrifício como também com certa ternura, acrescentou um toque de madureza em seu rosto petrificado pela varíola. Sentiu-se adulto desde então. Mas naquela manhã, com as recordações da noite anterior flutuando no charco de sua dor de cabeça, não encontrava por onde começar a viver.

Quando acabou de passar a roupa, Ana repartiu as peças limpas em dois montes iguais e preparou-se para sair à rua.

— Não demore — disse Dámaso.

— Como sempre.

Seguiu-a até o quarto.

— Vou deixar aqui sua camisa quadriculada — disse Ana. — É melhor que você não volte a vestir aquela blusa.

— Defrontou-se com os diáfanos olhos de gato do marido.

— Não sabemos se alguém viu você.

Dámaso enxugou o suor das mãos nas calças.

— Ninguém me viu.

— Não sabemos — repetiu Ana. Carregava um monte de roupas em cada braço. — Além disso, é melhor que você não saia. Espere primeiro que eu dê uma voltinha por lá, como quem não quer nada.

Não se falava de outra coisa no povoado. Ana teve que escutar várias vezes, em versões diferentes e contraditórias, os pormenores do mesmo episódio. Quando acabou de entregar a roupa, em vez de ir ao mercado, como todos os sábados, foi diretamente à praça.

Em frente ao salão de bilhar não encontrou tanta gente quanto imaginava. Alguns homens conversavam à sombra das amendoeiras. Os turcos haviam guardado seus tecidos coloridos para almoçar e os armazéns pareciam agitar-se sob os toldos de lona. Um homem dormia esparramado em uma cadeira de balanço, com a boca e as pernas e os braços abertos, na sala do hotel. Tudo estava paralisado no calor do meio-dia.

Ana passou ao largo do salão de bilhar e ao chegar ao terreno baldio situado em frente ao porto encontrou-se com a multidão. Então lembrou-se de algo que Dámaso lhe havia contado, que todo mundo sabia mas de que só os clientes do estabelecimento podiam estar lembrados: a porta dos fundos do salão de bilhar dava para o terreno baldio. Pouco depois, protegendo o ventre com os braços, encontrou-se misturada à multidão, os olhos fixos na porta forçada. O cadeado estava intacto, mas uma das argolas tinha sido arrancada como um dente. Ana examinou por um momento os estragos daquele trabalho solitário e modesto, e pensou em seu marido com um sentimento de piedade.

— Quem foi?

Não se atreveu a olhar em volta.

— Não se sabe — responderam-lhe. — Dizem que foi um forasteiro.

— Tem que ser — disse uma mulher às suas costas. — Nesta terra não há ladrões. Todo mundo conhece todo mundo.

Ana voltou a cabeça.

— É isso mesmo — disse sorrindo. Estava empapada de suor. Ao seu lado estava um homem muito velho, com rugas profundas na nuca.

— Levaram tudo? — perguntou ela.

— Duzentos pesos e as bolas de bilhar — disse o velho. Examinou-a com uma atenção fora do normal. — Daqui a pouco a gente vai ter que dormir com os olhos abertos.

Ana afastou o olhar.

— É isso mesmo — voltou a dizer. Colocou um pano na cabeça, afastando-se, sem poder libertar-se da impressão de que o velho continuava olhando para ela.

Durante um quarto de hora, a multidão espremida no terreno baldio observou uma conduta respeitosa, como se houvesse um morto por trás da porta forçada. Depois agitou-se, girou sobre si mesma, e desembocou na praça.

O proprietário do salão de bilhar estava na porta, com o alcaide e dois soldados. Baixo e redondo, as calças presas apenas pela pressão do estômago e com uns óculos como os que são feitos pelas crianças, parecia investido de uma dignidade extenuante.

A multidão rodeou-o. Encostada à parede, Ana ouviu suas informações até que a multidão começou a se dispersar. Depois voltou ao quarto, congestionada pela sufocação, em meio a uma barulhenta manifestação de vizinhos.

Estirado na cama, Dámaso perguntara-se muitas vezes como fizera Ana a noite anterior para esperá-lo sem fumar. Quando a viu entrar, sorridente, tirando da cabeça o lenço molhado de suor, esmagou o cigarro quase inteiro no chão de terra, em meio a um monte de guimbas, e aguardou com a maior ansiedade.

— Então?

Ana ajoelhou-se junto à cama.

— Então que além de ladrão você é trapaceiro — disse.

— Por quê?

— Porque você me disse que não tinha nada na gaveta.

Dámaso franziu as sobrancelhas.

— Não tinha nada.

— Tinha duzentos pesos — disse Ana.

— É mentira — replicou ele, levantando a voz. Sentado na cama recobrou o tom confidencial. — Só tinha vinte e cinco centavos.

Convenceu-a.

— É um velho bandido — disse Dámaso, apertando os punhos. — Está querendo que eu lhe arrebente a cara.

Ana riu com franqueza.

— Não seja bruto.

Também ele acabou rindo. Enquanto se barbeava, a mulher contou-lhe o que tinha conseguido averiguar. A polícia procurava um forasteiro.

— Dizem que chegou quinta-feira e que ontem à noite foi visto rondando pelo porto — disse. — Dizem que não conseguiram encontrá-lo em lugar nenhum.

Dámaso pensou no forasteiro que ele nunca vira e por um momento suspeitou dele com uma convicção sincera.

— Pode ser que já tenha ido embora — disse Ana.

Como sempre, Dámaso levou três horas para se arrumar. Primeiro foi o aparo milimétrico do bigode. Depois o banho no chuveiro do pátio. Ana acompanhou passo a passo, com um fervor que nada havia aquebrantado desde a noite em que o viu pela primeira vez, o laborioso processo de seu penteado. Quando o viu olhando-se no espelho para sair, com a camisa de quadriculados vermelhos, Ana se achou velha e desarrumada. Dámaso executou em sua frente um passo de boxe com a elasticidade de um profissional. Ela o segurou pelos punhos.

— Tem dinheiro?

— Sou rico — respondeu Dámaso de bom humor. — Tenho duzentos pesos.

Ana virou-se para a parede, tirou dos seios um rolo de notas, e deu um peso a seu marido, dizendo:

— Tome, Jorge Negrete.

Aquela noite, Dámaso esteve na praça com o seu grupo de amigos. A gente que chegava da roça com produtos para vender no mercado do domingo pendurava toldos entre as barracas de frituras e as mesas de jogos e desde as primeiras horas da noite ouviam-se seus roncos.

Os amigos de Dámaso não pareciam mais interessados no roubo do salão de bilhar do que na transmissão radiofônica do campeonato de beisebol, que não poderiam escutar essa noite porque o estabelecimento estava fechado. Discutindo beisebol, entraram no cinema sem saber o que estava passando. Era um filme de Cantinflas. Na primeira fila da galeria, Dámaso ria sem remorsos. Sentia-se convalescente de suas emoções. Era uma boa noite de junho, e nos momentos vazios em que só se percebia o ruído de chuvisco do projetor, pesava sobre o cinema sem teto o silêncio das estrelas.

De repente, as imagens da tela empalideceram e houve um estrépito no fundo da plateia. Na claridade repentina, Dámaso sentiu-se descoberto e marcado, e resolveu correr. Mas em seguida viu o público da plateia, paralisado, e um soldado, com o cinturão enrolado na mão, golpeando raivosamente um homem com a pesada fivela de cobre. Era um negro monumental. As mulheres começaram a gritar, e o soldado que batia no negro se pôs a berrar por cima dos gritos das mulheres: "Ladrão! Ladrão!" O negro rodou por entre as fileiras de cadeiras, perseguido por dois soldados que o golpearam nos rins até que puderam agarrá-lo pelas costas. Então o que o açoitara amarrou-lhe os cotovelos por trás com a correia e os três o empurraram em direção à porta. Tudo se passou com tanta rapidez, que Dámaso só compreendeu o ocorrido quando o negro passou junto a ele, com a camisa rasgada e a cara lambuzada por uma massa de pó, suor e sangue, soluçando: "Assassinos, assassinos." Depois apagaram as luzes e recomeçou o filme.

Dámaso não voltou a rir. Viu retalhos de uma história descosida, fumando sem parar, até que se acendeu a luz e os espectadores se olharam entre si, como que assustados pela realidade. "Muito bom", exclamou alguém ao seu lado. Dámaso olhou-o.

— Cantinflas é muito bom — disse.

A multidão levou-o até a porta. As vendedoras de comida, carregadas de trastes, voltavam para casa. Já passava das onze, mas havia muita gente na rua esperando que saíssem do cinema para informar-se sobre a captura do negro.

Naquela noite Dámaso entrou no quarto com tanta cautela que, quando Ana o percebeu, entre dois sonhos, fumava o segundo cigarro, estirado na cama.

— A comida está no fogareiro — disse ela.

— Não tenho fome — disse Dámaso.

Ana suspirou.

— Sonhei que Nora estava fazendo bonecos de manteiga — disse, ainda sem despertar. De repente deu-se conta de que tinha dormido sem querer e voltou-se para Dámaso, ofuscada, esfregando os olhos.

— Pegaram o forasteiro — disse.

Dámaso demorou a falar.

— Quem disse?

— Pegaram-no no cinema — disse Ana. — Todo mundo foi para lá.

Contou uma versão desfigurada da captura. Dámaso não a corrigiu.

— Pobre homem — suspirou Ana.

— Pobre por quê? — protestou Dámaso, excitado. — Você queria então que fosse eu que estivesse em cana?

Ela o conhecia bem demais para replicar. Percebeu que ele fumava, respirando como um asmático, até que cantaram os primeiros galos. Depois percebeu que ele se levantava, passeando pelo quarto num trabalho obscuro que parecia mais do tato que da vista. Depois percebeu-o raspando o solo debaixo da cama por mais de um quarto de hora, e depois percebeu-o tirando a roupa na escuridão, procurando não fazer ruído, sem saber que ela não havia deixado de ajudá-lo um só instante ao fazer-lhe crer que estava dormindo. Algo se moveu no mais primitivo dos seus instintos. Ana sabia então que Dámaso estivera no cinema, e compreendeu por que acabava de enterrar as bolas de bilhar debaixo da cama.

O salão abriu na segunda-feira e foi invadido por uma clientela exaltada. A mesa de bilhar tinha sido coberta com um pano arroxeado que emprestou ao estabelecimento um caráter funerário. Puseram um letreiro na parede: "Não há serviço por falta de bolas." As pessoas entravam para ler o letreiro como se fosse uma novidade. Alguns permaneciam um longo momento diante dele, relendo-o com uma devoção indecifrável.

Dámaso esteve entre os primeiros clientes. Tinha passado uma parte de sua vida nos bancos destinados aos espectadores do bilhar e ali ficou desde que voltaram a abrir as portas. Foi algo tão difícil mas tão passageiro como um pêsame. Deu uma palmadinha no ombro do proprietário, por cima do balcão, dizendo-lhe:

— Que entalada, seu Roque.

O proprietário sacudiu a cabeça com um sorriso de aflição, suspirando: "Pois é." E continuou atendendo a clientela, enquanto Dámaso, instalado em um dos tamboretes do balcão, contemplava a mesa espectral sob o sudário arroxeado.

— Que estranho — disse.

— É verdade — confirmou um homem no tamborete vizinho. — Até parece que estamos na semana santa.

Quando a maioria dos clientes saiu para almoçar, Dámaso colocou uma moeda no toca-discos automático e selecionou um *corrido* mexicano cuja disposição no painel de botões conhecia de cor. O Sr. Roque colocava mesinhas e cadeirinhas no fundo do salão.

— Que é que o senhor está fazendo? — perguntou Dámaso.

— Vou botar cartas — respondeu o Sr. Roque. — É preciso fazer alguma coisa enquanto não chegam as bolas.

Movendo-se quase ao tato, com uma cadeira em cada braço, parecia um viúvo recente.

— Quando chegam? — perguntou Dámaso.

— Em menos de um mês, espero.

— Até lá as outras já apareceram — disse Dámaso.

O Sr. Roque observou satisfeito a fileira de mesinhas.

— Não aparecerão — disse, secando a testa com a manga. — Puseram o negro sem comer desde sábado e ele não quis dizer onde estão.

Mediu Dámaso através das lentes embaçadas pelo suor.

— Tenho certeza de que ele as jogou no rio.

Dámaso mordiscou os lábios.

— E os duzentos pesos?

— Também não — disse o Sr. Roque. — Só encontraram trinta com ele.

Olharam-se nos olhos: Dámaso não teria conseguido explicar sua impressão de que aquele olhar estabelecia entre ele e o Sr. Roque uma relação de cumplicidade. Nessa tarde, do tanque, Ana viu-o chegar dando saltinhos de *boxeur*. Seguiu-o até o quarto.

— Pronto — disse Dámaso. — O velho está tão conformado que encomendou bolas novas. Agora é questão de esperar que ninguém se lembre mais.

— E o negro?

— Não há nada — disse Dámaso, sacudindo os ombros. — Se não encontrarem as bolas com ele têm que soltá-lo.

Depois da comida, sentaram-se na porta da rua e conversaram com os vizinhos até que emudeceu o alto-falante do cinema. Na hora de deitar Dámaso estava excitado.

— Descobri o melhor negócio do mundo — disse.

Ana compreendeu que ele estava remoendo o mesmo pensamento desde o entardecer.

— Vou de cidade em cidade — continuou Dámaso. — Roubo as bolas de bilhar de uma e as vendo em outra. Em todas as cidades há um salão de bilhar.

— Até que lhe acertem um tiro.

— Que tiro que nada — disse ele. — Isso só se vê no cinema. — Plantado no meio do quarto, afogava-se em seu próprio entusiasmo. Ana começou a tirar a roupa, com um ar indiferente, mas na realidade ouvindo-o com uma atenção compassiva.

— Vou comprar uma porção de roupas — disse Dámaso e apontou com o indicador um guarda-roupas imaginário do tamanho da parede. — Daqui até lá. E também cinquenta pares de sapatos.

— Deus te ouça — disse Ana.

Dámaso fixou nela um olhar sério.

— Minhas coisas não lhe interessam — disse.

— Estão muito longe para mim — disse Ana. Apagou a lamparina, deitou-se contra a parede, e acrescentou com uma amargura certa: — Quando você tiver trinta anos eu terei quarenta e sete.

— Não seja boba — disse Dámaso.

Apalpou os bolsos à procura dos fósforos.

— E nem você vai ter mais que lavar roupa — disse, um pouco desconcertado. Ana deu-lhe fogo. Olhou a chama até que o fósforo se extinguiu e sacudiu a cinza. Esticado na cama, Dámaso continuou falando.

— Você sabe de que é que são feitas as bolas de bilhar?

Ana não respondeu.

— De presas de elefantes — prosseguiu ele. — São tão difíceis de encontrar que é preciso um mês para chegar. Você já pensou?

— Durma — interrompeu Ana. — Tenho que me levantar às cinco.

Dámaso voltara ao seu estado normal. Passava a manhã na cama, fumando, e depois da sesta começava a arrumar-se para sair. À noite escutava no salão de bilhar a transmissão radiofônica do campeonato de beisebol.

Tinha a virtude de esquecer seus projetos com o mesmo entusiasmo que necessitava para concebê-los.

— Tem dinheiro? — perguntou no sábado à mulher.

— Onze pesos — respondeu ela. E acrescentou suavemente: — É o dinheiro do quarto.

— Proponho um negócio.

— O quê?

— Me empreste.

— É preciso pagar o quarto.

— A gente paga depois.

Ana sacudiu a cabeça. Dámaso segurou-a pelo punho e impediu que se levantasse da mesa, onde acabavam de tomar o café da manhã.

— É por poucos dias — disse acariciando seu braço com uma ternura distraída. — Quando vender as bolas teremos dinheiro para tudo.

Ana não cedeu. Nessa noite, no cinema, Dámaso não tirou a mão de seu ombro nem mesmo quando conversou com seus amigos no intervalo. Viram o filme aos retalhos. No final, Dámaso estava impaciente.

— Então vou ter que roubar o dinheiro — disse.

Ana encolheu os ombros.

— Vou acertar um direto no primeiro que encontrar — disse Dámaso empurrando-a por entre a multidão que deixava o cinema. — Assim eles me prendem por assassinato.

Ana sorriu por dentro. Mas continuou inflexível. Na manhã seguinte, após uma noite atormentada, Dámaso vestiu-se com uma urgência ostensiva e ameaçadora. Passou perto da mulher, resmungando:

— Não volto nunca mais.

Ana não pôde conter um ligeiro tremor.

— Boa viagem — gritou.

Depois de bater a porta com força, Dámaso começou um domingo vazio e interminável.

A vistosa quinquilharia do mercado público e as mulheres vestidas de cores brilhantes que saíam com seus filhos da missa das oito davam toques alegres na praça, mas o ar começava a endurecer de calor.

Passou o dia no salão de bilhar. Um grupo de homens jogou baralho a manhã inteira e antes do almoço houve uma afluência momentânea. Mas era evidente que o estabelecimento tinha perdido seu atrativo. Só ao anoitecer, quando começava a transmissão do beisebol, recobrava um pouco de sua antiga animação.

Depois que fecharam o salão, Dámaso encontrou-se sem rumo em uma praça que se esvaziava, como quem perde sangue. Desceu por uma rua paralela ao porto, seguindo o rastro de uma música alegre e remota. No fim da rua havia um salão de baile enorme e rústico, adornado com guirlandas de papel descolorido, e no fundo do salão um conjunto musical sobre um estrado. Dentro flutuava um sufocante cheiro de batom.

Dámaso instalou-se no balcão. Quando acabou a música, o rapaz que tocava pratos na orquestra recolheu moedas entre os homens que haviam dançado. Uma jovem deixou seu par no meio do salão e aproximou-se de Dámaso.

— Que é que há, Jorge Negrete?

Dámaso fê-la sentar-se a seu lado. O garçom, com a cara empoada e um cravo na orelha, perguntou com voz de falsete:

— Que vão tomar?

A jovem dirigiu-se a Dámaso.

— Que vamos tomar?

— Nada.

— É por minha conta.

— Não é isso — disse Dámaso. — Estou com fome.

— Que pena — suspirou o garçom. — Com esses olhos.

Passaram para o restaurante no fundo do salão. Pela forma do corpo, a jovem parecia excessivamente jovem, mas a crosta de pó de arroz, ruge e o batom dos lábios impediam que se conhecesse a sua verdadeira idade. Depois de comer, Dámaso seguiu-a ao quarto, no fundo de um pátio escuro onde se sentia a respiração dos animais adormecidos. A cama estava ocupada por um menino de poucos meses enrolado em um pano colorido. A jovem colocou os panos em uma caixa de madeira, deitou o menino lá dentro, e em seguida pôs a caixa no chão.

— Os ratos vão comê-lo — disse Dámaso.

— Não comem, não — disse ela.

Trocou o vestido vermelho por outro mais decotado com grandes flores amarelas.

— Quem é o pai? — perguntou Dámaso.

— Não tenho a menor ideia — disse ela. E depois, à porta: — Volto logo.

Ouviu-a fechar o cadeado. Fumou vários cigarros, deitado de costas e vestido. O estrado da cama vibrava ao compasso do bumbo. Ele acabou adormecendo. Ao acordar, o quarto parecia maior no vazio da música.

A jovem tirava a roupa em frente à cama.

— Que horas são?

— Umas quatro — disse ela. — O menino não chorou?

— Acho que não — disse Dámaso.

A jovem deitou-se bem perto dele, olhando-o com uns olhos ligeiramente vesgos, enquanto lhe desabotoava a camisa. Dámaso percebeu que ela bebera muito. Levantou-se para apagar a lâmpada.

— Deixe assim mesmo — disse ela. — Gosto de olhar seus olhos.

O quarto encheu-se de ruídos rurais desde o amanhecer. O menino chorou. A jovem levou-o para a cama e deu-lhe de mamar, cantando entre os dentes uma canção de três notas, até que todos dormiram. Dámaso não viu quando a jovem acordou por volta das sete, saiu do quarto e voltou sem o menino.

— Todo mundo está indo para o porto — disse.

Dámaso teve a sensação de não haver dormido mais de uma hora a noite inteira.

— Para quê?

— Para ver o negro que roubou as bolas — disse ela. — Hoje vão levá-lo.

Dámaso acendeu um cigarro.

— Pobre homem — suspirou a jovem.

— Pobre por quê? — disse Dámaso. — Ninguém o obrigou a ser ladrão.

A jovem pensou um pouco, a cabeça apoiada em seu peito. Disse, em voz muito baixa:

— Não foi ele.

— Quem disse?

— Eu sei — disse ela. — Na noite em que entraram no salão de bilhar o negro estava com Glória e passou todo o dia seguinte no quarto dela, até de noite. Depois disseram que ele tinha sido preso no cinema.

— Glória podia contar isso à polícia.

— O negro já contou — disse ela. — O alcaide procurou Glória, revirou o quarto dela pelo avesso, e disse que ia levá-la para a cadeia como cúmplice. Por fim tudo se ajeitou com vinte pesos.

Dámaso levantou-se antes das oito.

— Fique aqui — disse-lhe a jovem. — Vou matar uma galinha para o almoço.

Dámaso sacudiu o pente na palma da mão antes de guardá-lo no bolso traseiro da calça.

— Não posso — disse, puxando a jovem pelos punhos. Havia lavado a cara, e era realmente muito jovem, com uns olhos grandes e negros que lhe davam um ar desamparado. Abraçou-o pela cintura.

— Fique aqui — insistiu.

— Para sempre?

Ela ruborizou-se ligeiramente e separou-se dele:

— Vigarista.

Naquela manhã Ana sentia-se esgotada, mas se contagiou com a excitação do povo. Recolheu mais depressa que de costume a roupa para lavar durante a semana, e foi para o porto assistir ao embarque do negro. Uma multidão impaciente esperava diante das lanchas prontas para zarpar. Dámaso estava lá.

Ana cutucou-o nas costelas com os indicadores.

— Que está fazendo aqui? — perguntou Dámaso, dando um pulo.

— Vim me despedir de você — disse Ana.

Dámaso bateu em um poste com os nós dos dedos.

Depois de acender o cigarro jogou o maço vazio no rio. Ana tirou outro de entre os seios e colocou-o no bolso da camisa dele. Dámaso sorriu pela primeira vez.

— Você não tem juízo — disse.

— Ham, ham — fez Ana.

Pouco depois embarcaram o negro. Levaram-no pelo meio da praça, as mãos amarradas às costas com uma corda puxada por um soldado. Outros soldados armados de fuzis caminhavam ao seu lado. Estava sem camisa, o lábio inferior partido e uma sobrancelha inchada, como um *boxeur*. Esquivava-se dos olhares da multidão com uma dignidade passiva. Na porta do salão de bilhar, onde se concentrara a maior parte do público para participar dos dois extremos do espetáculo, o proprietário viu-o

48

passar, movendo a cabeça em silêncio. O resto do povo observava-o com uma espécie de fervor.

A lancha zarpou em seguida. O negro ia no teto, amarrado de pés e mãos a um tambor de gasolina. Quando a lancha deu a volta no meio do rio e apitou pela última vez, as costas do negro brilharam.

— Pobre homem — murmurou Ana.

— Criminosos — disse alguém perto dela. — Um ser humano não pode aguentar tanto sol.

Dámaso localizou a voz em uma mulher extraordinariamente gorda e saiu andando em direção à praça.

— Você fala muito — sussurrou ao ouvido de Ana. — Só falta sair gritando a história.

Ela acompanhou-o até a porta do bilhar.

— Pelo menos vá mudar de roupa — disse ela ao deixá-lo. — Você está parecendo um mendigo.

A novidade tinha levado ao salão uma clientela alvoroçada. Atendendo a todos, o Sr. Roque servia a várias mesas ao mesmo tempo. Dámaso esperou que passasse ao seu lado.

— Quer ajuda?

O Sr. Roque botou à sua frente meia dúzia de garrafas de cerveja com os copos emborcados nos gargalos.

— Obrigado, filho.

Dámaso levou as garrafas para as mesas. Tomou vários pedidos e continuou trazendo e levando garrafas, até que a clientela foi almoçar. Pela madrugada, quando voltou ao quarto, Ana sentiu que ele andara bebendo. Pegou-lhe a mão e colocou-a sobre o seu ventre.

— Olha aqui — disse. — Não está sentindo?

Dámaso não deu a menor mostra de entusiasmo.

— Já está vivo — disse Ana. — Passa a noite inteira me dando pontapés por dentro.

Mas ele não reagiu. Concentrado em si próprio, saiu no dia seguinte muito cedo e não voltou até meia-noite. Assim passou a semana. Nos raros momentos que passava em casa, fumando deitado, fugia à conversa. Ana respeitou sua vontade. Em certa ocasião, no começo de sua vida em comum, ele se comportara da mesma forma, e ela ainda não o conhecia o bastante para não intervir. Ajoelhado sobre ela na cama, Dámaso lhe batera até fazê-la sangrar.

Desta vez esperou. À noite punha junto à lamparina um maço de cigarros, sabendo que ele era capaz de suportar a fome e a sede, mas não a necessidade de fumar. Finalmente, em meados de julho, Dámaso voltou ao quarto ao entardecer. Ana inquietou-se, pensando que ele devia estar bastante aturdido para procurá-la a essa hora. Comeram sem falar. Mas antes de deitar-se, Dámaso estava calmo e terno, e disse espontaneamente:

— Quero ir embora.

— Para onde?

— Para qualquer lugar.

Ana examinou o quarto. As ilustrações de revistas que ela mesma tinha recortado e colado nas paredes até empapelá-las por completo com litografias de artistas de cinema estavam gastas e sem cor. Tinha perdido a conta dos homens que paulatinamente, de tanto olhá-las da cama, tinham ido embora levando consigo aquelas cores.

— Você está zangado comigo — disse.

— Não é isso — disse Dámaso. — É esse povoado.

— É um povoado como todos os outros.

— Não se podem vender as bolas por aqui — disse Dámaso.

— Deixe as bolas em paz — disse Ana. — Enquanto Deus me der forças para lavar roupa você não precisará andar inventando coisas. — E acrescentou suavemente, após uma pausa: — Não sei como é que você resolveu se meter nessa.

Dámaso acabou o cigarro antes de falar.

— Era tão fácil que eu não sei como é que ninguém pensou nisso antes — disse.

— Pelo dinheiro, sim — admitiu Ana. — Mas ninguém ia ser tão burro para sair com as bolas.

— Foi sem pensar — disse Dámaso. — Eu já estava saindo quando as vi atrás do balcão, metidas em sua caixinha, e achei que já tivera trabalho demais para sair com as mãos vazias.

— Aí piorou tudo — disse Ana.

Dámaso experimentava uma sensação de alívio.

— E enquanto isso as novas não chegam — disse. — Mandaram dizer que agora estão mais caras e seu Roque disse que assim não é negócio.

Acendeu outro cigarro, e enquanto falava sentia que seu coração se ia esvaziando de uma matéria escura.

Contou que o proprietário tinha decidido vender a mesa de bilhar. Não valia muito. O pano rasgado pelos arroubos dos aprendizes tinha sido remendado com retalhos de diferentes cores e era preciso trocá-lo por outro. Enquanto isso, os clientes do salão, que haviam envelhecido em volta do bilhar, agora só tinham um passatempo — as transmissões do campeonato de beisebol.

— Afinal de contas — concluiu Dámaso — sem querer nós esculhambamos a vida de todo mundo.

— E sem graça nenhuma — disse Ana.

— Semana que vem acaba o campeonato — disse Dámaso.

— Isso não é o pior. O pior é o negro.

Encostada em seu ombro, como nos primeiros tempos, sabia em que o marido estava pensando. Esperou que acabasse o cigarro. Depois, com voz cautelosa, disse:

— Dámaso.

— Que é?

— Devolva as bolas.

Ele acendeu outro cigarro.

— É nisso que eu estou pensando há dias — disse. — Mas o diabo é que eu não sei como.

Assim, resolveram abandonar as bolas em um local público. Ana pensou então que isso resolvia o problema do salão de bilhar, mas deixava pendente o do negro. A polícia poderia interpretar o achado de muitas maneiras, sem absolvê-lo. E também havia o risco de que as bolas fossem encontradas por alguém que em vez de devolvê-las ficasse com elas para negociá-las.

— Já que vamos fazer a coisa — concluiu Ana —, é melhor que ela seja bem-feita.

Desenterraram as bolas. Ana embrulhou-as em jornais, cuidando para que o envoltório não revelasse a forma do conteúdo, e guardou-as no baú.

— Agora é só esperar a ocasião — disse.

Mas na espera da ocasião passaram duas semanas. Na noite de 20 de agosto — dois meses depois do assalto — Dámaso encontrou o Sr. Roque sentado atrás do balcão, espantando os mosquitos com um leque de palha. Sua solidão parecia mais intensa com o rádio desligado.

— Bem que eu disse — exclamou o Sr. Roque com um certo alvoroço pelo prognóstico cumprido. — Isto foi pras picas.

Dámaso pôs uma moeda no toca-discos automático. O volume da música e o sistema de cores do aparelho lhe pareceram uma ruidosa prova de sua lealdade. Mas teve a impressão de que o Sr. Roque não o notou. Então puxou uma cadeira e procurou consolá-lo com argumentos vagos que o proprietário triturava sem emoção, ao compasso negligente de seu leque.

— Não se pode fazer nada — dizia. — O campeonato de beisebol não podia durar a vida inteira.

— Mas as bolas podem aparecer.

— Não aparecem.

— O negro não pode tê-las comido.

— A polícia procurou por toda parte — disse o Sr. Roque com uma certeza desesperada. — Jogou-as no rio.

— Pode acontecer um milagre.

— Deixe de ilusões, meu filho — replicou o Sr. Roque.

— As desgraças são como um caracol. Você acredita em milagres?

— Às vezes — disse Dámaso.

Quando deixou o estabelecimento ainda não havia acabado a sessão do cinema. Os diálogos enormes e quebrados do alto-falante ressoavam no lugarejo apagado e nas poucas casas que permaneciam abertas havia algo de provisório. Dámaso passeou um pouco por perto do cinema. Depois foi para o salão de baile.

A orquestra tocava para um só cliente, que dançava com duas mulheres ao mesmo tempo. As outras, comportadamente sentadas contra a parede, pareciam à espera de uma carta. Dámaso ocupou uma mesa, fez sinal ao garçom para que lhe servisse uma cerveja, e bebeu-a pelo gargalo com breves pausas para respirar, observando como que através de um vidro o homem que dançava com as duas mulheres. Era menor do que elas.

À meia-noite chegaram as mulheres que estavam no cinema, perseguidas por um grupo de homens. A amiga de Dámaso, que fazia parte do grupo, deixou os outros e sentou-se à sua mesa.

Dámaso não olhou-a. Já havia tomado meia dúzia de cervejas e continuava com a vista fixa no homem que agora dançava com três mulheres, mas sem prestar atenção nelas, divertido com as filigranas de seus próprios pés. Parecia feliz e era evidente que seria mais feliz ainda se além das pernas e dos braços tivesse também um rabo.

— Não gosto desse cara — disse Dámaso.

— Então não olhe para ele — disse a jovem.

Pediu um trago ao garçom. A pista de baile começou a encher-se de pares, mas o homem das três mulheres continuou achando que estava sozinho no salão. Em uma das voltas deparou-se com o olhar de Dámaso, imprimiu maior dinamismo à sua dança, e exibiu-lhe em um sorriso seus dentinhos de coelho. Dámaso sustentou o olhar sem piscar, até que o homem ficou sério e voltou-lhe as costas.

— Ele se acha muito alegre — disse Dámaso.

— É muito alegre — disse a mulher. — Sempre que vem por aqui a música corre por sua conta, como acontece com todos os viajantes comerciais.

Dámaso voltou o olhar para ela.

— Então vá com ele — disse. — Onde comem três comem quatro.

Sem responder, ela virou a cara para a pista de baile, sorvendo sua bebida em tragos lentos. O vestido amarelo-pálido acentuava sua timidez.

Quando a música recomeçou, foram dançar. Ao final, Dámaso sentia-se pesado.

— Estou morrendo de fome — disse a jovem, levando-o pelo braço para o balcão. — Você também precisa comer.

O homem alegre vinha com as três mulheres em sentido contrário.

— Olhe aqui — disse-lhe Dámaso.

O homem sorriu sem se deter. Dámaso soltou seu braço da companheira e fechou-lhe a passagem.

— Não gosto de seus dentes.

O homem empalideceu, mas continuava sorrindo.

— Nem eu — disse.

Antes que a jovem pudesse impedi-lo, Dámaso descarregou um soco na cara do homem, que caiu sentado no meio da pista. Nenhum cliente interveio. As três mulheres abraçaram Dámaso pela cintura, gritando, enquanto sua companheira o empurrava para o fundo do salão. O homem levantou-se com a cara descomposta pelo choque. Saltou como um macaco para o centro da pista e gritou:

— Continuem a música!

Por volta das duas, o salão estava quase vazio, e as mulheres sem clientes começaram a comer. Fazia calor. A jovem levou para a mesa um prato de arroz com feijão e carne frita, e comeu tudo com uma colher. Dámaso olhava-a com uma espécie de estupor. Ela estendeu-lhe uma colherada de arroz.

— Abra a boca.

Dámaso apoiou o queixo no peito e sacudiu a cabeça.

— Isso é para mulheres — disse. — Macho não come.

Teve que apoiar as mãos na mesa para levantar-se. Quando recobrou o equilíbrio o garçom estava de braços cruzados à sua frente.

— Nove e oitenta — disse. — Este convento não é do governo.

Dámaso afastou-o.

— Não gosto de veados — disse.

O garçom agarrou-o pela manga, mas a um sinal da jovem deixou-o passar, dizendo:

— Pois você não sabe o que está perdendo.

Dámaso saiu aos trambolhões. O brilho misterioso do rio sob o luar abriu uma frincha de lucidez em seu cérebro. Mas se fechou logo. Quando viu a porta de seu quarto, do outro lado do povoado, Dámaso teve a certeza de haver dormido andando. Sacudiu a cabeça. De uma forma confusa mas urgente percebeu que a partir daquele instante teria que vigiar cada um de seus movimentos. Empurrou a porta com cuidado para impedir que a fechadura rangesse.

Ana percebeu-o revirando o baú. Voltou-se contra a parede para evitar a luz da lamparina, mas logo notou que o marido não estava tirando a roupa. Um golpe de clarividência sentou-a na cama. Dámaso estava junto ao baú, com o embrulho das bolas e a lanterna na mão.

Pôs o indicador nos lábios.

Ana saltou da cama. "Está louco", sussurrou correndo em direção à porta. Rapidamente passou a tranca. Dámaso guardou a lanterna no bolso da calça junto com o canivete e a lima pontuda, e avançou para ela com o embrulho apertado sob o braço. Ana apoiou as costas contra a porta.

— Daqui você não sai enquanto eu estiver viva — murmurou.

Dámaso tentou afastá-la.

— Saia — disse.

Ana agarrou-se com as duas mãos ao portal. Olharam-se nos olhos sem piscar.

— Seu burro — murmurou Ana. — O que Deus lhe deu em olhos tirou-lhe em miolos.

Dámaso agarrou-a pelo cabelo, torceu seu punho e fê-la baixar a cabeça, dizendo com os dentes cerrados:

— Mandei você sair daí.

Ana olhou-o de lado com o olho torcido como o de um boi sob a canga. Por um instante sentiu-se invulnerável à dor, e mais forte que o marido, mas ele continuou torcendo-lhe o cabelo até que as lágrimas brotaram.

— Você vai matar o menino na barriga — disse.

Dámaso levou-a quase suspensa no ar até a cama. Ao sentir-se livre, ela saltou-lhe às costas, enroscou-o com as pernas e os braços, e ambos caíram no leito. Estavam começando a perder forças pela falta de ar.

— Eu grito — sussurrou Ana contra seu ouvido. — Se você se mexer eu começo a gritar.

Dámaso bufou com uma cólera surda, batendo-lhe nos joelhos com o embrulho das bolas. Ana gemeu e afrouxou as pernas, mas voltou a abraçar-se à sua cintura para impedir que ele chegasse à porta. Começou então a suplicar.

— Prometo que eu mesma as levo amanhã — dizia. — Vou deixá-las sem que ninguém perceba.

Cada vez mais perto da porta, Dámaso batia em suas mãos com as bolas. Ela o soltava por instantes enquanto passava a dor. Depois abraçava-o de novo e continuava suplicando.

— Posso dizer que fui eu — dizia. — Assim como estou não podem me botar na cadeia.

Dámaso libertou-se.

— Todo mundo vai ver — disse Ana. — Você é tão burro que não vê que tem luar claro. — Voltou a abraçá-lo antes que acabasse de tirar a tranca. Então, com os olhos fechados, bateu-lhe no pescoço e na cara, quase gritando: "Animal, animal." Dámaso procurou proteger-se e ela abraçou-se à tranca e tirou-a de suas mãos. Deu-lhe um golpe na cabeça. Dámaso esquivou-se e a tranca soou no osso de seu ombro como um cristal.

— Sua puta — gritou.

Nesse momento não se preocupava em fazer barulho. Bateu-lhe na orelha com as costas da mão, e ouviu o lamento profundo e o denso impacto do corpo contra a parede, mas não olhou. Saiu do quarto sem fechar a porta.

Ana permaneceu no chão, aturdida pela dor, e esperou que algo acontecesse em seu ventre. Do outro lado da parede chamaram-na com uma voz que parecia de uma pessoa enterrada. Mordeu os lábios para não chorar. Depois levantou-se e vestiu-se. Não imaginou — como não imaginara na primeira vez — que Dámaso estava ainda em frente ao quarto, dizendo-lhe que o plano havia fracassado e à espera de que ela saísse dando gritos. Mas Ana cometeu o mesmo erro pela segunda vez: em vez de perseguir o marido, calçou os sapatos, encostou a porta e sentou-se na cama a esperar.

Só quando a porta foi encostada Dámaso compreendeu que não podia retroceder. Um alvoroço de cães perseguiu-o até o fim da rua, mas depois houve um silêncio espectral. Estudou as calçadas, procurando escapar de seus próprios passos, que soavam grandes e longínquos no povoado adormecido. Não tomou nenhuma precaução enquanto não chegou ao terreno baldio, em frente à porta falsa do salão de bilhar.

Desta vez não precisou servir-se da lanterna. A porta só tinha sido reforçada no lugar da argola violentada. Haviam tirado um pedaço de madeira do tamanho e do formato de um tijolo, tinham-no substituído por madeira nova, e posto de volta a mesma argola. O resto estava igual. Dámaso puxou o cadeado com a mão esquerda, meteu o cabo da lima na raiz da argola que não tinha sido reforçada, e moveu a lima várias vezes, como um volante de automóvel, com força mas sem violência, até que a madeira cedeu com uma surda explosão de migalhas podres. Antes de empurrar a porta levantou a tábua desnivelada para amortecer o roçar nos tijolos do piso. Entreabriu-se apenas. Por fim, tirou os sapatos, empurrou-os para dentro junto com o embrulho das bolas, e entrou persignando-se no salão inundado de luar.

À sua frente havia um caixote escuro abarrotado de garrafas e caixas vazias. Mais adiante, sob o jorro de luar da claraboia envidraçada, estava a mesa de bilhar, e depois o fundo dos armários, e por fim as mesinhas e as cadeiras empilhadas junto à porta principal. Era tudo igual à primeira vez, salvo o luar e a nitidez do silêncio. Dámaso, que até então tivera que se sobrepor à tensão dos nervos, experimentou uma rara fascinação.

Desta vez não se preocupou com os tijolos soltos. Encostou a porta com os sapatos, e depois de atravessar o feixe de luar acendeu a lanterna para procurar a caixinha das bolas atrás do balcão. Agia sem cuidado. Movendo a lanterna da esquerda para a direita viu um monte de frascos empoeirados, um par de estribos com esporas, uma camisa enrolada e suja de óleo de motor e depois a caixinha das bolas, no mesmo lugar em que a tinha deixado. Mas não deteve o facho de luz até chegar ao fim. Lá estava o gato.

O animal olhou-o sem mistério através da luz. Dámaso continuou enfocando-o até que se lembrou, com um ligeiro calafrio, que nunca o vira no salão durante o dia. Moveu a lanterna para a frente, dizendo: "Xô", mas o animal permaneceu impassível. Então houve uma espécie de detonação silenciosa dentro de sua cabeça e o gato desapareceu por completo de sua memória. Quando compreendeu o que estava acontecendo, já tinha soltado a lanterna e apertava o pacote de bolas contra o peito. O salão estava iluminado.

— Epa!

Reconheceu a voz do Sr. Roque. Aprumou-se lentamente, sentindo um cansaço terrível nos rins. O Sr. Roque avançava do fundo do salão, de cuecas e com uma barra de ferro na mão, ainda ofuscado pela claridade. Havia uma rede pendurada por trás das garrafas e das caixas vazias, bem perto de onde Dámaso passara ao entrar. Também aquilo era diferente da primeira vez.

Quando chegou a menos de dez metros, o Sr. Roque deu um pulinho e colocou-se em guarda. Dámaso escondeu a mão com o embrulho. O Sr. Roque franziu o nariz, avançando a cabeça, para reconhecê-lo sem os óculos.

— Rapaz — exclamou.

Dámaso sentiu como se algo infinito tivesse por fim terminado. O Sr. Roque baixou a barra e aproximou-se com a boca aberta. Sem óculos e sem a dentadura postiça parecia uma mulher.

— Que é que você está fazendo aqui?

— Nada — disse Dámaso.

Trocou de posição com um imperceptível movimento do corpo.

— Que tem aí? — perguntou o Sr. Roque.

Dámaso retrocedeu.

— Nada — disse.

O Sr. Roque ficou vermelho e começou a tremer.

— Que é isso aí? — gritou, dando um passo para a frente com a barra levantada. Dámaso entregou-lhe o embrulho. O Sr. Roque recebeu-o com a mão esquerda, sem descuidar a guarda, e examinou-o com os dedos. Só então compreendeu.

— Não é possível — disse.

Estava tão perplexo que pôs a barra sobre o balcão e pareceu esquecer-se de Dámaso enquanto abria o pacote. Contemplou as bolas em silêncio.

— Vim devolvê-las — disse Dámaso.

— É claro — disse o Sr. Roque.

Dámaso estava lívido. O álcool abandonara-o por completo e só lhe restava um sedimento de barro na língua e um confuso sentimento de solidão.

— Então era esse o milagre — disse o Sr. Roque, fechando o embrulho. — Não posso acreditar que você seja tão burro. — Quando levantou a cabeça tinha mudado a expressão.

— E os duzentos pesos?

— Não tinha nada na gaveta — disse Dámaso.

O Sr. Roque olhou-o pensativo, mastigando no vazio, e depois sorriu.

— Não tinha nada — repetiu várias vezes. — De modo que não tinha nada. — Voltou a pegar a barra, dizendo:

— Pois vamos agora mesmo contar esta história ao alcaide.

Dámaso enxugou nas calças o suor das mãos.

— O senhor sabe que não tinha nada.

O Sr. Roque continuou sorrindo.

— Tinha duzentos pesos — disse. — E agora vão arrancá-los de sua pele, porque você é ainda mais burro do que ladrão.

A prodigiosa tarde
de Baltazar

A GAIOLA ESTAVA PRONTA. Baltazar pendurou-a na varanda, por força do hábito, e quando acabou de almoçar já se dizia por toda parte que era a mais linda gaiola do mundo. Veio tanta gente para vê-la que se formou um tumulto em frente à casa e Baltazar teve que tirá-la e fechar a carpintaria.

— Você precisa fazer a barba — disse-lhe Úrsula, sua mulher. — Está parecendo um capuchinho.

— Faz mal fazer a barba depois do almoço — disse Baltazar.

Estava com uma barba de duas semanas, o cabelo curto, duro e aparado como a crina de um burro e uma expressão geral de garoto assustado. Mas era uma expressão falsa. Em fevereiro completara 30 anos, vivia com Úrsula há quatro, sem casar e sem ter filhos, e a vida lhe tinha dado muitos motivos para estar alerta, mas nenhum para estar assustado. Nem sequer, sabia que, para algumas pessoas, a gaiola que acabara de fazer era a mais linda do mundo. Para ele, acostumado a fazer gaiolas desde menino, aquele tinha sido apenas um trabalho mais árduo que os outros.

— Então descanse um pouco — disse a mulher. — Com essa barba você não pode aparecer em lugar nenhum.

Enquanto descansava teve que deixar a rede várias vezes para mostrar a gaiola aos vizinhos. Até então, Úrsula não prestara atenção a ela. Estava aborrecida porque seu marido se descuidara do trabalho da carpintaria para se dedicar inteiramente à gaiola, e durante duas semanas tinha dormido mal, dando pulos e dizendo disparates, e não voltara a pensar em fazer a barba. Mas o desgosto se dissipou diante da gaiola terminada. Quando Baltazar acordou da sesta, ela havia passado suas calças e uma camisa, pusera-as em uma cadeira junto à rede e levara a gaiola para a mesa da sala de jantar. Contemplava-a em silêncio.

— Quanto é que você vai cobrar? — perguntou.

— Não sei — respondeu Baltazar. — Vou pedir trinta pesos para ver se me dão vinte.

— Peça cinquenta — disse Úrsula. — Você ficou muitas noites acordado nesses quinze dias. Além disso, é bem grande. Acho que é a maior gaiola que já vi na minha vida.

Baltazar começou a barbear-se.

— Você acha que eles vão me dar cinquenta pesos?

— Isso não é nada para o Sr. Chepe Montiel e a gaiola vale — disse Úrsula. — Você devia pedir sessenta.

A casa jazia em uma penumbra sufocante. Era a primeira semana de abril e o calor parecia menos suportável pelo silvo das cigarras. Quando acabou de vestir-se, Baltazar abriu a porta do pátio para refrescar a casa e um grupo de meninos entrou na sala.

A notícia espalhara-se. O Doutor Octavio Giraldo, um médico velho, satisfeito com a vida, mas cansado da profissão, pensava na gaiola de Baltazar enquanto almoçava com sua esposa paralítica. No pátio interior, onde botavam a mesa nos dias de calor, havia muitos vasos com flores e duas gaiolas com canários. Sua mulher gostava de passarinhos, e gostava tanto que odiava os gatos porque eram capazes de comê-los. Pensando nela, o Doutor Giraldo foi nessa tarde visitar um doente e na volta passou pela casa de Baltazar para conhecer a gaiola.

Tinha muita gente na sala. Posta em exposição sobre a mesa, a enorme cúpula de arame com três andares interiores, com passagens e compartimentos especiais para comer e dormir, e pequenos trapézios e poleiros no espaço reservado para o recreio dos pássaros, parecia o modelo reduzido de uma gigantesca fábrica de gelo. O médico examinou-a cuidadosamente, sem tocá-la, considerando que na verdade aquela gaiola era superior ao seu próprio prestígio e muito mais bonita do que jamais sonhara para sua mulher.

— Isso é uma aventura da imaginação — disse. Procurou Baltazar no grupo, e acrescentou, fixando nele seus olhos maternais: — Você daria um grande arquiteto.

Baltazar ruborizou-se.

— Obrigado — disse.

— É verdade — disse o médico. Era de uma gordura lisa e tenra como a de uma mulher que fora formosa em sua juventude, e tinha as mãos delicadas. Sua voz parecia a de um padre falando em latim. — Nem é preciso botar pássaros nela — disse, fazendo girar a gaiola em frente aos olhos do público, como se a estivesse vendendo. — Bastará pendurá-la entre as árvores para que cante sozinha. — Voltou a botá-la na mesa, pensou um pouco, olhando a gaiola, e disse:

— Bem, eu fico com ela.

— Está vendida — disse Úrsula.

— É do filho do Sr. Chepe Montiel — disse Baltazar. — É uma encomenda especial.

O médico assumiu uma atitude respeitável.

— Ele deu o modelo?

— Não — disse Baltazar. — Disse que queria uma gaiola grande, como essa, para um casal de corrupiões.

O médico olhou a gaiola.

— Mas essa não é para corrupião.

— Claro que é, doutor — disse Baltazar, aproximando-se da mesa. Os meninos rodearam-no. — As medidas estão bem calculadas — disse, apontando com o dedo os diferentes compartimentos. Bateu então na cúpula com os nós dos dedos e a gaiola encheu-se de acordes profundos.

— É o arame mais resistente que se pode encontrar, e cada junta está soldada por dentro e por fora — disse.

— Serve até para um papagaio — interveio um dos meninos.

— Isso mesmo — disse Baltazar.

O médico balançou a cabeça.

— É, mas não deram o modelo — disse. — Não fizeram nenhuma recomendação especial, a não ser que fosse uma gaiola grande para corrupião. Não foi isso?

— Isso mesmo — disse Baltazar.

— Então não há problema — disse o médico. — Uma coisa é uma gaiola grande para corrupião e outra coisa é essa gaiola. Não há provas de que foi essa a que mandaram você fazer.

— Foi essa mesmo — disse Baltazar, afobado. — Por isso eu fiz.

O médico fez um gesto de impaciência.

— Você podia fazer outra — disse Úrsula, olhando para o marido. E depois, em direção ao médico: — O senhor não tem pressa.

— Prometi à minha mulher para essa tarde — disse o médico.

— Sinto muito, doutor — disse Baltazar —, mas não se pode vender uma coisa que já está vendida.

O médico encolheu os ombros. Enxugando o suor do pescoço com um lenço, contemplou a gaiola em silêncio, sem mover o olhar de um mesmo ponto indefinido, como se olha um barco que se vai.

— Quanto deram por ela?

Baltazar olhou para Úrsula, sem responder.

— Sessenta pesos — disse ela.

O médico continuou olhando a gaiola.

— É muito bonita — suspirou. — Muito bonita mesmo. — Então, andando em direção à porta, começou a abanar-se com energia, sorridente, e a recordação daquele episódio desapareceu para sempre de sua memória.

— Montiel é muito rico — disse.

Na verdade, José Montiel não era tão rico como parecia, mas teria sido capaz de tudo para chegar a ser. A poucas quadras dali, numa casa abarrotada de arreios onde nunca se sentira um cheiro que não se pudesse vender, permanecia indiferente à novidade da gaiola. Sua esposa, torturada pela obsessão da morte, fechou portas e janelas depois do almoço e permaneceu deitada com os olhos abertos durante duas horas, na penumbra do quarto, enquanto José Montiel fazia a sesta. Assim foi surpreendida por um alvoroço de muitas vozes. Então abriu a porta da sala e viu um tumulto diante da casa e Baltazar com a gaiola no meio do tumulto, vestido de branco e recém-barbeado, com essa expressão de decorosa candura com que os pobres chegam à casa dos ricos.

— Que coisa maravilhosa — exclamou a esposa de José Montiel, com uma expressão radiante, conduzindo Baltazar para dentro.

— Nunca vi nada parecido na minha vida — disse, e acrescentou, indignada com a multidão que se acumulava na porta: — Mas leve-a para dentro que senão vão transformar a sala em uma rinha.

Baltazar não era um estranho na casa de José Montiel. Em diferentes ocasiões, por sua eficiência e bom atendimento, fora chamado para fazer pequenos trabalhos de carpintaria. Mas nunca se sentiu bem entre os ricos. Sempre que pensava neles, em suas mulheres feias e complicadas, em suas tremendas operações cirúrgicas, experimentava um sentimento de piedade. Quando entrava em suas casas não podia andar sem arrastar os pés.

— Pepe está? — perguntou.

Tinha posto a gaiola sobre a mesa da sala.

— Está na escola — disse a mulher de José Montiel. — Mas não deve demorar. — E acrescentou: — Montiel está no banho.

Na verdade, José Montiel não tivera tempo para tomar banho. Estava fazendo uma urgente fricção com álcool canforado para ver o que estava acontecendo. Era um homem tão precavido que dormia sem ventilador para poder vigiar durante o sono os ruídos da casa.

— Adelaida — gritou. — Que está acontecendo?

— Venha ver que coisa maravilhosa — gritou a mulher.

José Montiel — corpulento e cabeludo, a toalha pendurada no pescoço — surgiu na janela do quarto.

— O que é isso?

— A gaiola de Pepe — disse Baltazar.

A mulher olhou-o perplexa.

— De quem?

— De Pepe — confirmou Baltazar. Depois, dirigindo-se a José Montiel: — Pepe me encomendou.

Nada aconteceu naquele instante, mas Baltazar percebeu que tinham aberto a porta do banheiro. José Montiel saiu do quarto de cuecas.

— Pepe — gritou.

— Ainda não chegou — murmurou sua esposa, imóvel.

Pepe surgiu no vão da porta. Tinha uns doze anos e as mesmas pestanas levantadas e a tranquilidade patética de sua mãe.

— Venha cá — disse-lhe José Montiel. — Você mandou fazer isso?

O menino abaixou a cabeça. Agarrando-o pelo cabelo, José Montiel obrigou-o a olhá-lo nos olhos.

— Responda.

O menino mordeu os lábios sem responder.

— Montiel — sussurrou a esposa.

José Montiel soltou o menino e voltou-se para Baltazar com uma expressão exaltada.

— Sinto muito, Baltazar — disse. — Mas você devia ter me consultado antes de fazer. Só mesmo você podia pensar em tratar com um menor. — À medida que falava, seu rosto foi recobrando a serenidade. Levantou a gaiola sem olhá-la e deu-a a Baltazar. — Leve-a depressa e trate de vendê-la a quem puder — disse. — E por favor, eu peço para você não discutir comigo. — Deu-lhe uma palmadinha no ombro, e explicou: — O médico me proibiu de ficar zangado.

O menino permanecia imóvel, sem reclamar, até que Baltazar olhou-o, perplexo, com a gaiola na mão. Então ele emitiu um som gutural, como o rosnar de um cachorro, e jogou-se no chão dando gritos.

José Montiel olhava-o impassível, enquanto a mãe tentava acalmá-lo.

— Não o levante — disse. — Deixe-o aí até que arrebente a cabeça contra o assoalho e depois ponha sal e limão para ele chorar com vontade.

O menino chorava sem lágrimas, enquanto a mãe o sustentava pelos punhos.

— Deixe ele — insistiu José Montiel.

Baltazar observou o menino como se observasse a agonia de um animal contagioso. Eram quase quatro. A essa hora, em sua casa, Úrsula cantava uma canção muito antiga, enquanto cortava rodelas de cebola.

— Pepe — disse Baltazar.

Aproximou-se do menino, sorrindo, e estendeu-lhe a gaiola. O menino ergueu-se de um salto, abraçou a gaiola, que era quase do seu tamanho, e ficou olhando Baltazar através das grades, sem saber o que dizer. Não tinha derramado uma só lágrima.

— Baltazar — disse Montiel, suavemente. — Já disse para você levá-la.

— Devolva-a — ordenou a mulher ao menino.

— Fique com ela — disse Baltazar. E depois, a José Montiel — Afinal de contas, eu a fiz para isso.

José Montiel perseguiu-o até a sala.

— Não seja bobo, Baltazar — dizia, fechando-lhe o caminho. — Leve esse traste para casa e não faça mais besteiras. Eu não estou pensando em pagar nem um centavo.

— Não tem importância — disse Baltazar. — Eu a fiz mesmo para dar de presente ao Pepe. Não estava pensando em cobrar nada.

Quando Baltazar abriu passagem através dos curiosos que bloqueavam a porta, José Montiel dava gritos no meio da sala. Estava muito pálido e seus olhos começavam a ficar vermelhos.

— Estúpido — gritava. — Leve essa porcaria. Era só o que faltava, qualquer um viesse dar ordens dentro da minha casa. Porra!

No salão de bilhar receberam Baltazar com uma ovação. Até então, pensava que tinha feito uma gaiola melhor que as outras, que tinha sido obrigado a presenteá-la ao filho de José Montiel para que ele não continuasse chorando e que isso não tinha nada de especial. Mas logo percebeu que tinha certa importância para muitas pessoas e sentiu-se um pouco excitado.

— Então deram cinquenta pesos pela gaiola.

— Sessenta — disse Baltazar.

— Pode se benzer — disse alguém. — Ninguém nunca tirou tanto dinheiro do Sr. Chepe Montiel. É preciso comemorar isso.

Ofereceram-lhe uma cerveja e Baltazar correspondeu com uma rodada para todos. Como era a primeira vez que bebia, ao anoitecer estava completamente bêbado e falava de um fabuloso projeto de mil gaiolas a sessenta pesos, e depois um milhão de gaiolas até completar sessenta milhões de pesos.

— É preciso fazer muitas coisas para vender aos ricos antes que eles morram — dizia, cego pela bebedeira. — Todos estão doentes e vão morrer. Estão tão fodidos que já não podem mais nem ficar zangados.

Durante duas horas o toca-discos automático tocou sem parar por sua conta. Todos brindaram pela saúde de Baltazar, por sua sorte e fortuna, e pela morte dos ricos, mas na hora do jantar deixaram-no sozinho no salão.

Úrsula esperara-o até as oito, com um prato de carne frita coberta com rodelas de cebola. Alguém lhe disse que seu marido estava no salão de bilhar, louco de felicidade, brindando cerveja a todo mundo, mas não acreditou porque Baltazar nunca se embebedara. Quando se deitou, quase à meia-noite, Baltazar estava em um salão iluminado, onde havia mesinhas de quatro lugares com cadeiras em volta, e uma pista de baile ao ar livre. Tinha a cara lambuzada de ruge, e como não podia dar nem mais um passo, estava pensando em se deitar com duas mulheres na mesma cama. Tinha gasto tanto, que teve de deixar o relógio como garantia, com o compromisso de pagar no dia seguinte. Pouco depois, esparramado na rua, percebeu que estavam tirando seus sapatos, mas não quis abandonar o sonho mais feliz de sua vida. As mulheres que passaram para a missa das cinco não se atreveram a olhá-lo, achando que ele estava morto.

A viúva Montiel

QUANDO O SR. José Montiel morreu, todo mundo se sentiu vingado, menos sua viúva; mas foram precisas várias horas para que todo mundo acreditasse que ele tinha realmente morrido. Muitos continuaram duvidando mesmo depois de ver o cadáver em câmara-ardente, acomodado entre travesseiros e lençóis de linho dentro de um caixão amarelo e abaulado como um melão. Estava muito bem barbeado, vestido de branco e com botas de verniz e tinha uma cara tão boa que nunca pareceu tão vivo. Era o mesmo Sr. Chepe Montiel dos domingos, assistindo à missa das oito, só que em lugar do chicote tinha um crucifixo entre as mãos. Foi preciso que parafusassem a tampa do ataúde e que o emparedassem no aparatoso mausoléu familiar para que a população inteira se convencesse de que ele não estava fingindo de morto.

Depois do enterro, a única coisa que pareceu inacreditável a todo mundo, menos à viúva, é que o Sr. José Montiel tivesse morrido de morte natural. Enquanto todo mundo esperava que o baleassem pelas costas em uma emboscada, sua viúva estava certa de vê-lo morrer de velho em sua cama, confessado e sem agonia, como um santo moderno. Enganou-se apenas em alguns detalhes. José Montiel morreu na rede, numa quarta-feira às duas da tarde, em consequência do acesso de raiva que o médico lhe havia proibido. Mas a esposa esperava também que toda a população assistisse ao enterro e que a casa fosse pequena para receber tantas flores. Só estavam presentes, entretanto, os colegas de partido e as congregações religiosas e as únicas coroas recebidas foram as da administração municipal. O filho — em seu posto consular na Alemanha — e as duas filhas, em Paris, mandaram telegramas de três páginas. Via-se que foram redigidos de pé, com a tinta multitudinária da agência dos correios e que tinham rasgado muitos formulários antes de encontrar 20 dólares de palavras. Nenhum deles prometia voltar. Naquela noite, aos 62 anos, enquanto chorava contra o travesseiro em que recostara a cabeça o homem que a fizera feliz, a viúva Montiel conheceu pela primeira vez o sabor de um ressentimento. "Vou me trancar para sempre", pensava. "Para mim, é como se me tivessem posto no mesmo caixão de José Montiel. Não quero saber de mais nada deste mundo." Era sincera.

Aquela mulher frágil, torturada pela superstição, casada aos 20 anos por vontade de seus pais com o único pretendente que lhe permitiram ver a menos de 10 metros de distância, nunca estivera em contato direto com a realidade. Três dias depois de tirarem da casa o cadáver do marido, compreendeu, através das lágrimas, que precisava reagir, mas não pôde encontrar o rumo de sua nova vida. Era necessário começar pelo princípio.

Entre os inúmeros segredos que José Montiel levara para o túmulo, estava a combinação do cofre-forte. O alcaide tomou conta do problema. Mandou levar a caixa para o pátio, encostá-la no muro, e dois soldados dispararam seus fuzis contra a fechadura. Durante toda uma manhã, a viúva ouviu de seu quarto as descargas cerradas e sucessivas, ordenadas aos gritos pelo alcaide. "Era só o que faltava", pensou. "Cinco anos rogando a Deus para que cessem os tiros, e agora tenho que agradecer que disparem dentro de minha casa." Naquele dia fez um esforço de concentração, chamando a morte, mas ninguém respondeu. Começava a dormir quando uma tremenda explosão sacudiu as fundações da casa. Fora preciso dinamitar o cofre.

A viúva Montiel suspirou. Outubro se eternizava com suas chuvas pantanosas e ela se sentia perdida, navegando sem rumo na desordenada e fabulosa fazenda de José Montiel. Carmichael, antigo e diligente servidor da família, se havia encarregado da administração. Quando afinal resolveu enfrentar o fato concreto de que seu marido tinha morrido, a viúva Montiel saiu do quarto para se ocupar da casa. Despojou-a de todos os ornamentos, mandou forrar os móveis em cores lutuosas e colocou laços fúnebres nos retratos do morto, pendurados nas paredes. Em dois meses de encerramento tinha adquirido o costume de roer as unhas. Um dia — os olhos avermelhados e inchados de tanto chorar — viu Carmichael entrando na casa com o guarda-chuva aberto.

— Feche esse guarda-chuva, seu Carmichael — disse-lhe. — Depois de todas as desgraças que tivemos, só faltava o senhor entrar em casa com o guarda-chuva aberto.

Carmichael deixou-o no canto. Era um negro velho, de pele lustrosa, vestido de branco e com pequenas aberturas feitas a navalha nos sapatos para aliviar a pressão dos calos.

— É só enquanto ele seca.

Pela primeira vez, desde a morte do marido, a viúva abriu as janelas.

— Tantas desgraças, e ainda por cima esse inverno — murmurou, roendo as unhas. — Parece que não vai estiar nunca.

— Não estiará nem hoje nem amanhã — disse o administrador. — Essa noite os calos não me deixaram dormir.

Ela acreditava nas previsões atmosféricas dos calos de Carmichael. Olhou a pracinha desolada, as casas silenciosas cujas portas não se abriram para ver o enterro de José Montiel e então se sentiu desesperada com suas unhas, com suas terras sem limites e com os infinitos compromissos que herdara do marido e que jamais conseguiria compreender.

— O mundo está malfeito — soluçou.

Os que a visitaram por esses dias tiveram motivos para acreditar que ela perdera o juízo. Nunca, porém, esteve mais lúcida do que então. Desde antes de começar a matança política ela passava as lúgubres manhãs de outubro diante da janela de seu quarto, compadecendo-se dos mortos e pensando que se Deus não tivesse descansado no domingo teria tido tempo para acabar o mundo.

— Devia ter aproveitado esse dia para não deixar tantas coisas malfeitas — dizia. — Afinal de contas, ele tinha toda a eternidade para descansar.

A única diferença, depois da morte do marido, era que tinha agora um motivo concreto para conceber pensamentos sombrios.

Assim, enquanto a viúva Montiel se consumia no desespero, Carmichael procurava impedir o naufrágio. As coisas não iam bem. Livre da ameaça de José Montiel, que monopolizava o comércio local pelo terror, a população iniciava represálias. À espera de clientes que não chegaram, o leite talhou nos jarros amontoados no pátio, e o mel fermentou em seus odres, e o queijo engordou vermes nos escuros armários do depósito. Em seu mausoléu enfeitado com luzinhas elétricas e arcanjos em imitação de mármore, José Montiel pagava seis anos de assassinatos e desmandos. Ninguém na história do país enriquecera tanto em tão pouco tempo. Quando chegou ao povoado o primeiro alcaide da ditadura, José Montiel era um discreto partidário de todos os regimes, que passara a metade da vida sentado de cuecas à porta de sua usina de arroz. Houve um tempo em que desfrutou de certa reputação de rico e bom católico, porque prometeu em voz alta dar de presente à igreja um São José de tamanho natural se ganhasse na loteria e duas semanas depois ganhou seis frações e cumpriu a promessa. A primeira vez em que ele foi visto usando sapatos foi quando chegou o novo alcaide, um sargento da polícia, canhoto e rude, que tinha ordens expressas de liquidar com a oposição. José Montiel começou por ser seu informante confidencial. Aquele comerciante modesto, cujo tranquilo humor de homem gordo não despertava a menor inquietação, discriminou seus adversários políticos em ricos e pobres. Os pobres foram liquidados pela polícia em praça pública. Os ricos tiveram um prazo de 24 horas para abandonar o povoado. Planejando o massacre, José Montiel fechava-se dias inteiros com o alcaide em seu escritório sufocante, enquanto a esposa se compadecia dos mortos. Quando o alcaide saía do escritório ela barrava o caminho do marido.

— Esse homem é um criminoso — dizia-lhe. — Você precisa aproveitar sua influência no governo para que tirem daqui esse monstro que não vai deixar um ser humano no povoado.

E José Montiel, tão ocupado nesses dias, afastava-a sem olhá-la, dizendo: "Deixe de ser chata." Na verdade, seu negócio não era a morte dos pobres, mas sim a expulsão dos ricos. Depois que o alcaide perfurava suas portas a tiros e lhes dava um prazo para abandonar o lugarejo, José

Montiel lhes comprava as terras e o gado por um preço que ele mesmo se encarregava de fixar.

— Não seja bobo — dizia-lhe a mulher. — Você vai arruinar-se ajudando-os para que não morram de fome em outro lugar e eles nunca irão agradecer-lhe.

E José Montiel, que já não tinha tempo nem mesmo para sorrir, afastava-a de seu caminho, dizendo:

— Vá para a cozinha e não me amole tanto.

Nesse ritmo, em menos de um ano a oposição estava liquidada e José Montiel era o homem mais rico e poderoso do lugar. Mandou as filhas para a França, conseguiu para o filho um posto consular na Alemanha e dedicou-se a consolidar seu império. Mas não chegou a desfrutar seis anos de sua desmedida riqueza.

Depois de passado o primeiro aniversário de sua morte, a viúva só ouvia ranger a escada sob o peso de alguma má notícia. Sempre vinha alguém ao entardecer. "Outra vez os bandidos", diziam. "Ontem levaram um lote de 50 novilhos." Imóvel na cadeira de balanço, roendo as unhas, a viúva Montiel só se alimentava de seu ressentimento.

— Bem que eu lhe dizia, José Montiel — dizia, falando sozinha. — Esta é uma terra de mal-agradecidos. Você ainda está quente no túmulo e todo mundo já nos virou as costas.

Ninguém vinha mais à sua casa. O único ser humano que viu naqueles meses intermináveis em que não parou de chover foi o perseverante Carmichael, que nunca entrou na casa com o guarda-chuva fechado. As coisas não tinham melhorado. Carmichael havia escrito várias cartas ao filho de José Montiel. Sugeria-lhe a conveniência de vir pôr-se à frente dos negócios e até se permitiu fazer algumas considerações pessoais sobre a saúde da viúva. Sempre recebeu respostas evasivas. Por fim, o filho de José Montiel respondeu francamente, que não se atrevia a voltar com medo de levar um tiro. Então Carmichael subiu ao quarto da viúva e viu-se obrigado a confessar-lhe que ela estava ficando arruinada.

— Melhor — disse ela. — Estou farta de tudo. Se quiser, leve o que lhe fizer falta e deixe-me morrer tranquila.

A partir de então, seu único contato com o mundo foram as cartas que escrevia às filhas, no fim de cada mês. "Isto é um lugar maldito", dizia-lhes. "Fiquem aí para sempre e não se preocupem comigo. Sou feliz sabendo que vocês são felizes." As filhas revezavam-se para responder-lhe. Suas cartas eram sempre alegres e via-se que tinham sido escritas em lugares mornos e bem-iluminados e que as moças se viam repetidas em muitos espelhos quando paravam para pensar. Elas também não queriam voltar. "Isto é a civilização", diziam. "Aí, pelo contrário, não é um bom lugar para nós. É impossível viver em um país tão selvagem onde assassinam as pessoas por questões políticas." Lendo as cartas, a viúva Montiel sentia-se melhor e aprovava cada frase com a cabeça.

Certa ocasião, as filhas falaram-lhe dos açougues de Paris. Diziam-lhe que matavam uns porcos rosados e os penduravam inteiros na porta, enfeitados com coroas e grinaldas de flores. No final, uma letra diferente da de suas filhas tinha acrescentado: "Imagine, que o cravo maior e mais bonito é enfiado no cu do porco."

Lendo aquela frase, pela primeira vez em dois anos, a viúva Montiel sorriu. Subiu para o quarto sem apagar as luzes da casa e antes de deitar-se virou o ventilador elétrico de frente para a parede. Depois tirou da gaveta da mesa de cabeceira uma tesoura, um rolo de esparadrapo e o rosário, e cobriu a unha do polegar direito, irritada pelas mordidelas. Logo começou a rezar, mas no segundo mistério passou o rosário para a mão esquerda, pois não sentia as contas através do esparadrapo. Ouviu por um momento a trepidação de trovões remotos. Depois adormeceu com a cabeça dobrada sobre o peito. A mão com o rosário tombou ao longo do corpo, e então ela viu a Mamãe Grande no pátio com um lençol branco e um pente no colo, estalando piolhos com os polegares. Perguntou-lhe:

— Quando vou morrer?

A Mamãe Grande levantou a cabeça:

— Quando seu braço ficar dormente.

Um dia depois do sábado

A INQUIETAÇÃO COMEÇOU em julho, quando a senhora Rebeca, uma viúva amargurada que vivia em uma imensa casa de dois corredores e nove quartos, descobriu que as telas das janelas estavam rasgadas como se tivessem sido apedrejadas da rua. A primeira descoberta foi feita em seu quarto e pensou que deveria falar sobre aquilo com Argénida, sua criada e confidente desde que seu marido morrera. Depois, revirando seus trastes (pois havia muito tempo que a senhora Rebeca não fazia outra coisa senão revirar seus trastes) descobriu que não só as telas do seu quarto como todas da casa estavam estragadas. A viúva tinha um sentido acadêmico de autoridade, herdado talvez do bisavô paterno, um nativo que na guerra da Independência lutou ao lado dos realistas e fez depois uma penosa viagem à Espanha com o propósito exclusivo de visitar o palácio construído por Carlos III em San Ildefonso. De forma que quando descobriu o estado das outras telas, não pensou mais em falar com Argénida, mas pôs o chapéu de palha com minúsculas flores de veludo e dirigiu-se à municipalidade para dar conta do atentado. Ao chegar lá, porém, viu que o próprio alcaide, sem camisa, cabeludo e com uma solidez que lhe pareceu monstruosa, ocupava-se em reparar as telas municipais, tão estragadas quanto as suas.

A senhora Rebeca irrompeu no escritório sujo e desarrumado e a primeira coisa que viu foi um monte de pássaros mortos sobre a escrivaninha. Mas estava perturbada, em parte pelo calor e em parte pela indignação que lhe produzira a destruição de suas telas. Assim não teve tempo de estremecer ante o inusitado espetáculo dos pássaros mortos sobre a escrivaninha. Nem mesmo a escandalizou a evidência da autoridade degradada no alto de uma escada, consertando as telas metálicas da janela com um rolo de arame e uma chave de fenda. Ela não pensava agora em outra indignidade senão a própria, escarnecida em suas telas, e sua perturbação impediu-a inclusive de relacionar as janelas de sua casa com as da municipalidade. Plantou-se com discreta solenidade a dois passos da porta, no interior do escritório, e, apoiada no longo e enfeitado cabo de sua sombrinha, disse:

— Quero fazer uma queixa.

Do alto da escada, o alcaide voltou o rosto congestionado pelo calor. Não manifestou nenhuma emoção diante da presença insólita da viúva em seu escritório. Com sombria negligência continuou desprendendo a tela estragada e perguntou lá de cima:

— Qual é o problema?

— É que os meninos da vizinhança rebentaram as minhas telas.

Então o alcaide voltou a olhá-la. Examinou-a cuidadosamente, das primorosas florezinhas de veludo até os sapatos cor de prata antiga, e foi como se a tivesse visto pela primeira vez em sua vida. Desceu devagar, sem deixar de olhá-la, e quando pisou terra firme apoiou uma das mãos na cintura e apontou com a chave de fenda para a escrivaninha. Disse:

— Não são os meninos, minha senhora. São os passarinhos.

E foi então que ela relacionou os pássaros mortos sobre a escrivaninha com o homem trepado na escada e com as telas estragadas de seus quartos. Estremeceu, ao imaginar que todos os quartos de sua casa estavam cheios de pássaros mortos.

— Os passarinhos — exclamou.

— Os passarinhos — confirmou o alcaide. — É estranho que a senhora não tenha percebido que há três dias estamos com esse problema dos passarinhos rompendo as janelas para morrer dentro das casas.

Quando deixou a municipalidade, a senhora Rebeca sentia-se envergonhada. E um pouco ressentida com Argénida, que carregava até sua casa todos os rumores do povoado e entretanto não lhe tinha falado dos passarinhos. Abriu a sombrinha, deslumbrada pelo brilho de um agosto iminente, e enquanto caminhava pela rua abrasadora e deserta teve a impressão de que os quartos de todas as casas exalavam um forte e penetrante bafo de pássaros mortos.

Isso aconteceu nos últimos dias de julho e nunca na vida do povoado fizera tanto calor. Seus habitantes, porém, não reparavam nisso, impressionados pela mortandade dos pássaros. Ainda que o estranho fenômeno não tivesse influído seriamente nas atividades da população, a maioria das pessoas se ocupava com ele no princípio de agosto. Uma maioria em que não estava incluída sua reverendíssima, Antonio Isabel del Santísimo Sacramento del Altar Castañeda y Montero, o manso pastor da paróquia que aos noventa e quatro anos de idade assegurava ter visto o diabo em três ocasiões, e que entretanto só tinha visto dois pássaros mortos sem lhes atribuir a menor importância. Encontrou o primeiro numa terça-feira na sacristia, depois da missa, e achou que ele tivesse chegado até ali carregado por algum gato da vizinhança. Achou o outro quarta-feira no corredor da casa paroquial e empurrou-o com a ponta da bota até a rua, pensando: *Não deviam existir gatos.*

Sexta-feira, porém, ao chegar à estação ferroviária, encontrou um terceiro pássaro morto no banco que escolhera para se sentar. Foi como um relâmpago em seu íntimo, quando segurou o cadáver pelas patinhas, içou-o até o nível dos olhos, virou-o, examinou-o e pensou sobressaltado: *Poxa, é o terceiro que acho esta semana.* A partir desse instante começou a perceber o que estava acontecendo no povoado, mas de uma forma muito imprecisa, pois o padre Antonio Isabel, em parte pela idade e em parte também porque assegurava ter visto o diabo em três ocasiões (coisa que ao povo parecia um tanto despropositada), era considerado por seus fiéis como um homem bom, pacífico e prestativo, mas que habitualmente andava nas nuvens. Percebeu, pois, que algo estava acontecendo com os pássaros, mas mesmo assim não acreditou que aquilo fosse tão importante que merecesse um sermão. Foi o primeiro a sentir o cheiro. Sentiu-o na noite da sexta-feira, quando acordou alarmado, tirado de seu sono lívido por uma baforada nauseabunda, que não soube se atribuía a um pesadelo ou a um novo e original recurso satânico para lhe perturbar o sono. Cheirou em torno e rodeou a cama, pensando que aquela experiência poderia servir-lhe para um sermão. Poderia ser, pensou, um dramático sermão sobre a habilidade de Satã para infiltrar-se no coração humano através de qualquer um dos cinco sentidos.

Quando passeava pelo átrio no dia seguinte antes da missa, ouviu pela primeira vez falar dos pássaros mortos. Estava pensando no sermão, em Satanás e nos pecados que se podem cometer pelo sentido do olfato, quando ouviu dizer que o mau cheiro noturno era dos pássaros recolhidos durante a semana; e formou-se na sua cabeça um confuso amontoado de prevenções evangélicas, de maus cheiros e de pássaros mortos. Assim, no domingo teve que improvisar sobre a caridade uma lenga-lenga que ele mesmo não entendeu muito bem e se esqueceu para sempre das relações entre o diabo e os cinco sentidos.

Em algum lugar muito remoto de seu pensamento devem, entretanto, se ter enfurnado aquelas experiências. Isso lhe acontecia sempre, não só no seminário, há mais de 70 anos, como, de forma muito particular, depois que completou os 90. No seminário, em uma tarde muito clara e sem vento em que caía um forte aguaceiro, ele lia um trecho de Sófocles no idioma original. Quando acabou de chover, olhou pela janela o campo fatigado, a tarde lavada e nova e esqueceu-se inteiramente do teatro grego e dos clássicos que ele não diferenciava mas que chamava, de uma forma geral, de "os antiguinhos de antes". Uma tarde sem chuva, talvez trinta, quarenta anos depois, atravessava uma praça calçada de pedras de uma aldeia em que estava de visita, e sem propósito recitou a estrofe de Sófocles que tinha lido no seminário. Nessa mesma semana, conversou longamente sobre "os antiguinhos de antes" com o vigário apostólico, um velho loquaz e impressionável, aficionado de uns complicados joguinhos para eruditos que ele dizia ter inventado e que se popularizaram anos mais tarde com a denominação de palavras cruzadas.

Aquela conversa permitiu-lhe recuperar de uma só vez todo o antigo e estranho amor pelos clássicos gregos. No Natal daquele ano recebeu uma carta. E se não tivesse já então adquirido o sólido prestígio de ser exageradamente imaginativo, intrépido na interpretação e um pouco disparatado em seus sermões, teria sido nomeado bispo naquela ocasião.

Enterrou-se, porém, no povoado, muito antes da guerra de 85, e na época em que os pássaros vinham morrer nos quartos fazia dois anos que haviam pedido a sua substituição por um sacerdote mais jovem, especialmente quando ele disse que tinha visto o diabo. Desde então começaram a não levá-lo em conta, coisa que ele não percebeu de forma muito clara, apesar de poder ainda decifrar os miúdos caracteres de seu breviário sem necessidade de óculos.

Fora sempre um homem de costumes regulares. Pequeno, insignificante, de ossos pronunciados e sólidos e gestos descansados e uma voz macia para a conversa mas demasiado macia para o púlpito. Ficava até a hora do almoço à toa em seu quarto, esparramado em uma cadeira de lona e vestido apenas com umas ceroulas de algodãozinho com as bainhas amarradas nos tornozelos.

Nunca fazia nada, salvo dizer a missa. Duas vezes por semana sentava-se no confessionário, mas fazia anos que ninguém se confessava. Ele achava sinceramente que seus fiéis estavam perdendo a fé por causa dos costumes modernos, por isso considerou um acontecimento muito oportuno o fato de ter visto o diabo em três ocasiões, se bem que soubesse que o povo dava muito pouco crédito às suas palavras e apesar de ter consciência de não ser muito convincente quando falava dessas experiências. Para ele próprio não teria sido uma surpresa descobrir que estava morto, não só ao longo dos últimos cinco anos, como também naqueles momentos extraordinários em que encontrou os primeiros pássaros. Entretanto, quando encontrou o terceiro, voltou um pouco à vida, de forma que nos últimos dias esteve pensando com considerável frequência no pássaro morto sobre o banco da estação.

Morava a dez passos da igreja, em uma casa pequena, sem telas nas janelas, com um corredor dando para a rua e dois quartos que lhe serviam de dormitório e escritório. Considerava, talvez em seus momentos de menor lucidez, que era possível atingir a felicidade na terra quando não fizesse tanto calor, e essa ideia produzia-lhe certa confusão. Gostava de extraviar-se por veredas metafísicas. Era isso o que fazia quando se sentava no corredor todas as manhãs, a porta entreaberta, os olhos fechados e os músculos distendidos. Ele próprio não percebeu, entretanto, que se tinha tornado tão sutil em seus pensamentos, que havia pelo menos três anos que em seus momentos de meditação não pensava em nada.

Às doze em ponto, um menino atravessava o corredor com uma marmita de quatro divisões que continha o mesmo todos os dias: sopa de osso com um pedaço de aipim, arroz branco, carne guisada sem cebola, banana frita ou bolo de milho e um pouco de lentilhas que o padre Antonio Isabel del Santísimo Sacramento del Altar jamais provara.

O menino deixava a marmita junto à cadeira em que ficava o sacerdote, mas este só abria os olhos quando ouvia as suas passadas no corredor. Por isso, acreditavam no povoado que o padre dormia a sesta antes do almoço (coisa que parecia igualmente despropositada) quando a verdade era que nem mesmo à noite dormia normalmente. Nessa época, seus hábitos se tinham simplificado até o primitivismo. Almoçava sem sair de sua cadeira de lona, sem tirar os alimentos da marmita, sem usar os pratos, nem o garfo nem a faca, mas apenas a mesma colher com que tomava a sopa. Depois levantava-se, passava um pouco de água na cabeça, vestia a batina branca e manchada, com grandes remendos quadrados, e se dirigia à estação ferroviária, precisamente na hora em que o resto da população se deitava para dormir a sesta. Há vários meses fazia esse trajeto murmurando a oração que ele mesmo inventara da última vez em que lhe aparecera o diabo.

Um sábado — nove dias depois que começaram a cair pássaros mortos — o padre Antonio Isabel del Santísimo Sacramento del Altar se dirigia à estação quando caiu aos seus pés um pássaro agonizante, justamente diante da casa da senhora Rebeca. Um clarão de lucidez estalou em sua cabeça e percebeu que aquele pássaro, à diferença dos outros, poderia ser salvo. Tomou-o nas mãos e chamou da porta a senhora Rebeca, no mesmo instante em que ela desabotoava o corpete para dormir a sesta.

Em seu quarto, a viúva ouviu as batidas e instintivamente voltou a vista para as telas da janela. Há dois dias que não entrava nenhum pássaro naquele quarto mas a tela continuava rasgada. Tinha considerado um gasto inútil mandar consertá-la enquanto não cessasse aquela invasão de pássaros que lhe irritava os nervos. Acima do zumbido do ventilador elétrico ouviu as batidas na porta e lembrou-se com impaciência de que Argénida fazia a sesta no último quarto do corredor. Nem sequer lhe ocorreu perguntar-se quem poderia importuná-la àquela hora. Voltou a abotoar o corpete, transpôs a porta entelada, caminhou séria e empertigada ao longo do corredor, atravessou a sala abarrotada de móveis e objetos decorativos, e antes de abrir a porta viu através da tela metálica que ali estava o padre Antonio Isabel, taciturno, com os olhos semicerrados e um pássaro nas mãos, dizendo (antes que ela abrisse a porta) : "Se jogarmos um pouco de água nele e depois o colocarmos sob uma cabaça, tenho certeza de que ele ficará bom." E ao abrir a porta, a senhora Rebeca quase desfaleceu de terror.

O padre não ficou ali mais que cinco minutos. A senhora Rebeca achava ter sido ela quem abreviara o incidente. Na realidade, porém, tinha sido o padre. Se a viúva tivesse refletido nesse momento, teria verificado que o sacerdote, nos 30 anos que vivia no povoado, nunca permanecera mais do que cinco minutos em sua casa. Parecia-lhe que na profusão de objetos da sala manifestava-se claramente o espírito concupiscente da dona, apesar de seu parentesco com o bispo, muito remoto, mas reconhecido. Além disso, havia uma lenda (ou história) sobre a família da senhora Rebeca, que seguramente, pensava o padre, não chegara até o palácio episcopal. Dizia essa história que o coronel Aureliano Buendía, primo-irmão da viúva e a quem ela considerava um desnaturado, afirmara certa vez que o bispo não visitara o povoado no novo século para não ter de visitar sua parenta. De qualquer forma, fosse isso história ou lenda, a verdade era que o padre Antonio Isabel del Santísimo Sacramento del Altar não se sentia bem naquela casa, cujo único habitante jamais dera mostras de piedade e só se confessava uma vez por ano, mas respondendo com evasivas quando ele tentava interrogá-la sobre a obscura morte do marido. Se ali estava agora, esperando que ela trouxesse um copo d'água para banhar um pássaro agonizante, era por determinação de uma circunstância que ele jamais teria provocado.

Enquanto esperava a volta da viúva, o sacerdote, sentado em uma suntuosa cadeira de balanço de madeira esculpida, sentia a estranha umidade daquela casa que jamais voltara a tranquilizar-se desde que soou um tiro, há mais de quarenta anos, e José Arcadio Buendía, irmão do coronel, caiu de bruços, em meio a um ruído de fivelas e esporas, sobre as botas ainda quentes que acabara de tirar.

Quando a senhora Rebeca irrompeu de novo, na sala, viu o padre Antonio Isabel sentado na cadeira de balanço e com aquela expressão aérea que lhe causava terror.

— A vida de um animal — disse o padre — é tão importante para o Senhor quanto a de um homem.

Ao dizer isso, não se lembrou de José Arcadio Buendía. Nem a viúva. Ela, porém, estava acostumada a não dar crédito às palavras do padre, desde que ele falou do púlpito sobre as três vezes em que o diabo lhe aparecera. Sem prestar-lhe atenção, tomou o pássaro entre as mãos, mergulhou-o no copo e depois sacudiu-o. O padre observou que havia impiedade e negligência em sua maneira de agir, uma absoluta falta de consideração pela vida do animal.

— A senhora não gosta de passarinhos — disse, de forma suave mas afirmativa.

A viúva ergueu as sobrancelhas num gesto de impaciência e hostilidade.

— Mesmo que alguma vez eu tivesse gostado — disse —, me aborreceriam agora que deram para morrer dentro das casas.

— Morreram muitos — disse ele, implacável. Poder-se-ia pensar que havia muito de astúcia na uniformidade de sua voz.

— Todos — disse a viúva. E acrescentou, enquanto enxugava o animal com repugnância e o colocava sob uma cuia: — E isso não me importaria, se não me tivessem rompido as telas das janelas.

E a ele pareceu nunca haver conhecido tanta dureza de coração. Pouco depois, tomando-o em suas próprias mãos, o sacerdote percebeu que aquele corpo minúsculo e indefeso tinha cessado de palpitar. Então esqueceu-se de tudo: da umidade da casa, da concupiscência, do insuportável cheiro de pólvora no cadáver de José Arcadio Buendía e percebeu a prodigiosa verdade que o rodeava desde o começo da semana. Ali mesmo, enquanto a viúva via-o deixar a casa com o pássaro morto entre as mãos e uma expressão tranquila, ele assistiu à maravilhosa revelação de que sobre o povoado estava caindo uma chuva de pássaros mortos e que ele, o ministro de Deus, o predestinado que tinha conhecido a felicidade quando não fazia calor, esquecera inteiramente o Apocalipse.

Nesse dia foi à estação, como sempre, mas não se deu conta real de seus atos. Sabia confusamente que algo estava acontecendo no mundo, mas se sentia embotado, embrutecido, indigno do momento. Sentado no banco da estação, tentava lembrar se havia chuva de pássaros mortos no Apocalipse, mas se esquecera completamente. De repente pensou que o atraso na casa da senhora Rebeca fizera-o perder o trem e esticou a cabeça por cima dos vidros empoeirados e quebrados e viu no relógio da municipalidade que ainda faltavam doze minutos para uma. Quando voltou a sentar-se no banco sentiu que se asfixiava. Nesse instante lembrou-se de que era sábado. Balançou por um momento o seu leque de palma trançada, perdido em obscuras nebulosas interiores. Depois desesperou-se com os botões de sua batina e com os botões de suas botas e de suas longas e apertadas ceroulas de algodãozinho e percebeu, alarmado, que nunca em sua vida sentira tanto calor.

Sem sair do lugar, desabotoou o colarinho da batina, tirou o lenço do bolso e enxugou o rosto congestionado, pensando em um momento de patética iluminação que talvez estivesse assistindo à formação de um terremoto. Tinha lido isso em algum lugar. Sem dúvida, o céu estava limpo; um céu transparente e azul de onde haviam misteriosamente desaparecido todos os pássaros. Ele notou a cor e a transparência, mas momentaneamente esqueceu-se dos pássaros mortos. Agora pensava em outra coisa, na possibilidade de que desabasse uma tempestade. O céu, porém, estava diáfano e tranquilo, como se fosse o céu de outro lugarejo remoto e diferente, onde nunca se sentira calor, e como se não fossem seus, mas de outros, os olhos que o estavam contemplando. Olhou depois para o norte, por cima dos tetos de sapé e zinco enferrujado, e viu a lenta, a silenciosa, a equilibrada mancha de urubus sobre o monte de lixo.

Por alguma misteriosa razão, sentiu que nesse instante reviviam nele as emoções que experimentara um domingo no seminário, pouco antes de receber as ordens menores. O reitor o autorizara a usar sua biblioteca particular e ele permanecia durante horas e horas (especialmente aos domingos) mergulhado na leitura de uns livros amarelos, com cheiro de madeira velha, e com anotações em latim feitas com a garatuja minúscula e eriçada do reitor. Um domingo, em que ele passava o dia inteiro a ler, o reitor entrou na sala e apressou-se, afobado, em apanhar um cartão que evidentemente tinha caído de dentro do livro que ele estava lendo. Assistiu à afobação de seu superior com discreta indiferença, mas conseguiu ler o cartão. Havia apenas uma frase, escrita a tinta vermelha com letra nítida e firme: *Madame Ivette est morte cette nuit*. Mais de meio século depois, vendo um bando de urubus sobre um povoado esquecido, lembrou-se da expressão taciturna do reitor, sentado à sua frente, avermelhado pelo crepúsculo e com a respiração imperceptivelmente alterada.

Impressionado por aquela associação, não sentiu então o calor mas precisamente o contrário, uma pontada de gelo na virilha e na planta dos pés. Sentiu pavor, sem saber qual era a causa precisa desse pavor, enredado em um emaranhado de ideias confusas, entre as quais era impossível diferençar uma sensação nauseabunda e o casco de Satanás impresso no barro e um tropel de pássaros mortos caindo sobre o mundo, enquanto ele, Antonio Isabel del Santísimo Sacramento del Altar, permanecia indiferente a esse acontecimento. Então se levantou, ergueu uma mão assustada como que para iniciar uma saudação que se perdeu no vazio, e exclamou aterrorizado: "O Judeu Errante."

Nesse instante o trem apitou. Pela primeira vez em muitos anos ele não ouviu. Viu-o entrar na estação, envolto em uma densa fumaceira, e ouviu a granizada de carvão contra as lâminas de zinco enferrujado. Mas isso foi como um sonho remoto e indecifrável, do qual não despertou por completo até mais tarde, um pouco depois das quatro, quando deu os últimos retoques no formidável sermão que pronunciaria no domingo. Oito horas depois, foram apanhá-lo para que administrasse a extrema-unção a uma mulher.

Assim é que o padre não soube quem chegara aquela tarde no trem. Durante muito tempo tinha visto passar os quatro vagões desengonçados e desbotados e não se lembrava de que alguém tivesse descido deles para ficar, pelo menos nos últimos anos. Antes era diferente, quando podia ficar uma tarde inteira vendo passar um trem carregado de bananas; cento e quarenta vagões carregados de frutas, passando sem parar, até quando passava, já de noite, o último vagão com um homem segurando uma lanterna verde. Então via o povoado do outro lado da linha — já com as luzes acesas — e parecia-lhe que, somente em vê-lo passar, o trem o levara a outro povoado. Talvez viesse dali o seu hábito de aparecer todos os dias na estação, inclusive depois que metralharam os trabalhadores e se acabaram as plantações de banana e com elas os trens de cento e quarenta vagões e sobrou apenas aquele trem amarelo e empoeirado que não trazia nem levava ninguém.

Mas naquele sábado chegou alguém. Quando o padre Antônio Isabel del Santísimo Sacramento del Altar se afastou da estação, um rapaz simples, sem nada de especial a não ser sua fome, viu-o de sua janela do último vagão no momento exato em que se lembrou de que não comia desde a véspera. Pensou: *Se tem um padre deve ter um hotel*. E desceu do vagão e atravessou a rua abrasada pelo metálico sol de agosto e entrou na fresca sombra de uma casa situada em frente à estação, onde tocavam um disco gasto em um gramofone. O olfato, aguçado pela fome de dois dias, indicou-lhe que ali era o hotel. E ali entrou, sem ver a tabuleta: Hotel Macondo; um letreiro que ele jamais haveria de ler em sua vida.

A proprietária estava grávida com mais de cinco meses. Era da cor de mostarda e tinha a aparência de ser idêntica à própria mãe, quando esta a tinha no ventre. Ele pediu "um almoço o mais depressa que puder" e ela, sem se apressar, serviu-lhe um prato de sopa com um osso, e picadinho de banana verde. Nesse instante o trem apitou. Envolvido no vapor cálido e saudável da sopa, ele calculou a distância que o separava da estação e imediatamente depois sentiu-se invadido por essa confusa sensação de pânico que produz a perda de um trem.

Correu. Chegou até a porta, angustiado, mas ainda não tinha dado um passo para fora do umbral quando percebeu que não tinha tempo de alcançar o trem. Quando voltou à mesa esquecera-se da fome; viu, junto ao gramofone, uma jovem que o olhava sem piedade, com uma horrível expressão de cachorro balançando o rabo. Pela primeira vez em todo o dia tirou então o chapéu que lhe presenteara a mãe dois meses antes, e o prendeu entre os joelhos enquanto acabava de comer. Quando se levantou da mesa não parecia preocupado pela perda do trem nem pela perspectiva de passar um fim de semana em um povoado cujo nome não se preocuparia em averiguar. Sentou-se em um canto da sala, com os ossos das costelas apoiados em uma cadeira dura e reta, e permaneceu ali um longo tempo, sem ouvir os discos, até que a moça que os selecionava disse:

— No corredor está mais fresco.

Sentiu-se mal. Achava difícil aproximar-se de estranhos. Para ele, era angustiante olhar de frente para as pessoas e quando não lhe restava outro recurso senão falar, as palavras saíam-lhe diferentes das que pensava. "Sim", respondeu. E sentiu um ligeiro calafrio. Tentou balançar-se, esquecido de que não estava em uma cadeira de balanço.

— Quem vem aqui leva uma cadeira para o corredor, que é mais fresco — disse a menina. E ele, ouvindo-a, percebeu com angústia que ela estava querendo conversar. Arriscou-se a olhá-la, na hora em que ela dava corda no gramofone. Parecia estar sentada ali há meses, talvez anos, e não manifestava o menor interesse em sair do lugar. Dava corda ao gramofone, mas sua vida estava presa a ele. Estava sorrindo.

— Obrigado — disse ele, procurando levantar-se e dar espontaneidade aos seus movimentos. A moça continuou a olhá-lo. Disse: — Eles também deixam o chapéu no cabide.

Desta vez sentiu uma brasa nas orelhas. Estremeceu pensando naquela maneira de sugerir as coisas. Sentia-se incomodado, encurralado, e sentiu de novo o pânico pela perda do trem. Mas nesse instante a proprietária entrou na sala.

— Que está fazendo? — perguntou.

— Está levando a cadeira para o corredor, como todo mundo faz — disse a moça.

Ele pensou perceber um acento de ironia em suas palavras.

— Não se preocupe — disse a proprietária. — Vou lhe trazer um tamborete.

A moça riu e ele sentiu-se desconcertado. Fazia calor. Um calor seco e plano e estava suando. A proprietária empurrou até o corredor um tamborete de madeira com assento de couro. Dispunha-se a segui-la quando a moça voltou a falar.

— É pena que os pássaros vão assustá-lo — disse.

Ele chegou a ver o duro olhar quando a proprietária voltou os olhos para a menina. Foi um olhar rápido mas intenso.

— O que você deve fazer é calar a boca — disse, e voltou-se sorridente para ele. Sentiu-se então menos só e teve vontade de conversar.

— O que que ela disse? — perguntou.

— Que a essa hora caem pássaros mortos no corredor — disse a menina.

— É invenção dela — disse a proprietária. Inclinou-se para arrumar um ramo de flores artificiais na mesa de centro. Seus dedos tinham um tremor nervoso.

— Invenção minha, não — disse a menina. — Você mesma varreu dois anteontem.

A proprietária olhou-a exasperada. Tinha uma expressão lamentável e a evidente vontade de explicar tudo, até que não ficasse a menor sombra de dúvida.

— O que aconteceu, senhor, é que anteontem os meninos deixaram dois pássaros mortos no corredor para meter medo nela, e depois lhe disseram que estavam caindo pássaros mortos do céu. Ela acredita em tudo o que dizem.

Ele sorriu. Parecia-lhe muito engraçada aquela explicação; esfregou as mãos e voltou a olhar a moça que o contemplava angustiada. O gramofone tinha parado de tocar. A proprietária retirou-se para outro aposento e quando ele se dirigia para o corredor a jovem insistiu em voz baixa:

— Eu os vi caindo. Pode acreditar. Todo mundo viu.

Ele pensou compreender então seu apego ao gramofone e a exasperação da proprietária.

— Sim — disse compassivamente. E depois, andando para o corredor: — Eu também vi.

Fazia menos calor do lado de fora, à sombra das amendoeiras. Encostou o tamborete no marco da porta, jogou a cabeça para trás e pensou em sua mãe; sua mãe sentada na cadeira de balanço, espantando as galinhas com um longo cabo de vassoura, enquanto sentia que pela primeira vez ele não estava em casa.

Até uma semana atrás seria possível comparar sua vida com uma corda lisa e reta, esticada desde a chuvosa madrugada da última guerra civil em que veio ao mundo entre as quatro paredes de barro e taquara de uma escola rural, até aquela manhã de junho em que completou 22 anos e a mãe veio até sua rede para lhe dar de presente um chapéu com um cartão: "Ao meu querido filho, em seu aniversário." Havia momentos em que sacudia a ferrugem da ociosidade e sentia saudade da escola, do quadro-negro e do mapa de um país superpovoado pelos excrementos das moscas, e da comprida fileira de canecas penduradas na parede sob o nome de cada aluno. Lá não fazia calor. Era um povoado verde e plácido, com umas galinhas de longas patas cinzentas que atravessavam a sala de aula para pôr ovos junto das talhas. Sua mãe era então uma mulher triste e hermética. Ao entardecer, sentava-se para receber o vento que se acabara de filtrar nos cafezais, e dizia: "Manaure é o mais lindo povoado do mundo"; e depois, voltando-se para ele, vendo-o crescer surdamente em sua rede: "Quando você crescer sentirá bem isso." Mas ele não sentiu nada. Não sentiu nem mesmo aos 15 anos, quando já era demasiado grande para sua idade, transbordante daquela saúde insolente e atordoante gerada pelo ócio. Até quando completou 20 anos sua vida não teve novidades essencialmente maiores que algumas mudanças de posição na rede. Nessa ocasião, porém, a mãe, forçada pelo reumatismo, deixou a escola em que trabalhara durante 18 anos, de maneira que eles foram viver em uma casa de dois quartos com um quintal enorme, onde criaram galinhas de patas cinzentas como as que atravessavam a sala de aula.

Cuidar das galinhas foi o seu primeiro contato com a realidade. E tinha sido o único até o mês de julho, quando a mãe pensou na aposentadoria e achou que o filho tinha já suficiente sagacidade para cuidar do assunto. Ele colaborou de forma eficaz na preparação dos documentos, e teve até o tato necessário para convencer o vigário a alterar em seis anos a data de batismo da velha, que ainda não tinha idade para a aposentadoria.

Na quinta-feira recebeu as últimas instruções escrupulosamente pormenorizadas pela experiência pedagógica da mãe, e iniciou a viagem para a cidade com doze pesos, uma muda de roupa, a pasta de documentos e uma ideia inteiramente rudimentar da palavra "aposentadoria", que ele interpretava por alto como uma determinada quantia de dinheiro que o governo deveria lhe entregar para fazer uma criação de porcos.

Adormecido no corredor do hotel, entorpecido pelo mormaço, não se detivera a pensar na gravidade de sua situação. Supunha que o percalço ficaria resolvido no dia seguinte com a volta do trem, de forma que agora sua única preocupação era esperar o domingo para retomar a viagem e não voltar jamais a se lembrar daquele povoado onde fazia um calor insuportável. Pouco antes das quatro caiu num sono incômodo e pegajoso, pensando, enquanto dormia, que era uma pena não ter trazido a rede. Foi então que se lembrou de que esquecera no trem o embrulho da roupa e os documentos da aposentadoria. Acordou abruptamente, sobressaltado, pensando na mãe e outra vez encurralado pelo pânico.

Quando arrastou o banco para a sala as luzes do povoado já estavam acesas. Não conhecia a luz elétrica, de modo que experimentou uma forte emoção ao ver as lâmpadas pobres e manchadas do hotel. Lembrou-se de que sua mãe lhe havia falado naquilo e continuou puxando o banco até a sala de jantar, procurando evitar os besouros que se estatelavam como projéteis contra os espelhos. Comeu sem apetite, ofuscado pela clara evidência de sua situação, pelo calor intenso, pela amargura daquela solidão que sofria pela primeira vez na vida. Depois das nove foi conduzido para o fundo da casa, a um quarto de madeira empapelado com jornais e revistas. À meia-noite mergulhou em um sono pantanoso e febril, enquanto a cinco quadras dali o padre Antônio Isabel del Santísimo Sacramento del Altar, esparramado de boca aberta em seu catre, considerava que as experiências daquela noite reforçavam o sermão que preparara para as sete da manhã. O padre descansava com suas longas e justas ceroulas em meio ao denso rumor dos pernilongos. Um pouco antes das doze atravessara o povoado para administrar a extrema-unção a uma mulher e sentia-se exaltado e nervoso, de modo que deixou os elementos sacramentais junto ao catre e deitou-se, para repassar o sermão. Permaneceu assim durante várias horas, estendido de barriga para cima, até quando ouviu o canto remoto de um socó na madrugada. Levantou-se então penosamente e pisou na campainha e caiu de bruços contra o solo áspero e sólido do quarto.

Voltou a si com a sensação de que uma broca lhe subia pela espinha. Naquele momento teve consciência de seu peso total: juntos, o peso de seu corpo, de suas culpas e de sua idade. Sentiu contra a face a dureza do solo pedregoso que tantas vezes, ao preparar seus sermões, lhe servira para formar uma ideia precisa do caminho que conduz ao inferno. "Cristo", murmurou assustado, pensando: "Nunca mais conseguirei ficar de pé."

Não soube quanto tempo permaneceu prostrado no chão, sem pensar em nada, sem se lembrar nem mesmo de implorar uma boa morte. Foi como se, na realidade, houvesse estado morto por um momento. Mas quando recobrou a percepção já não sentia dor nem espanto. Viu a claridade lívida sob a porta; escutou, remoto e triste, o clamor dos galos, e descobriu que estava vivo e que se lembrava perfeitamente das palavras do sermão.

Quando tirou a tranca da porta, estava amanhecendo. A dor tinha passado e até lhe parecia que o golpe descarregara-o de sua velhice. Toda a bondade, os extravios e os padecimentos do povoado penetraram até seu coração quando tragou a primeira golfada daquele ar que era uma umidade azul cheia de galos. Olhou em volta, para reconciliar-se com a solidão, e na tranquila penumbra do amanhecer viu um, dois, três pássaros mortos no corredor.

Durante nove minutos olhou os três cadáveres, pensando, de acordo com o sermão previsto, que aquela morte coletiva dos pássaros carecia de uma expiação. Caminhou então até o outro extremo do corredor, recolheu os três pássaros mortos, voltou até a talha, destampou-a e, um após o outro, jogou os pássaros na água verde e adormecida, sem perceber exatamente o objetivo daquela ação. *Três e três somam meia dúzia em uma semana*, pensou, e um prodigioso relâmpago de lucidez indicou-lhe que começara a padecer o grande dia de sua vida.

Às sete começara o calor. No hotel, o único hóspede aguardava o café da manhã. A menina do gramofone ainda não se levantara. A proprietária aproximou-se e naquele momento parecia que as sete badaladas do relógio haviam soado dentro de seu avantajado ventre.

— Quer dizer que o trem o deixou — disse com um acento de tardia comiseração. E depois trouxe o desjejum: café com leite, um ovo frito e fatias de banana verde.

Ele procurou comer, mas não tinha fome. Sentia-se alarmado por ter começado o calor. Suava a cântaros. Asfixiava-se. Tinha dormido mal, vestido, e estava agora com um pouco de febre. Sentia outra vez o pânico e lembrava-se de sua mãe, no momento em que a proprietária se aproximou para recolher os pratos, radiante dentro de sua roupa nova de grandes flores verdes. A roupa da proprietária o fez lembrar-se de que era domingo.

— Tem missa? — perguntou.

— Tem sim — disse a mulher. — Mas é como se não tivesse, porque não vai quase ninguém. É que não quiseram mandar um padre novo.

— Que é que há com o daqui?

— Tem uns cem anos de idade e está meio pancada — disse a mulher, e permaneceu imóvel, pensativa, com todos os pratos em uma das mãos. Logo juntou: — Outro dia ele jurou no púlpito que tinha visto o diabo, e desde então quase ninguém voltou mais à missa.

E assim ele resolveu ir à igreja, em parte pelo seu desespero, em parte pela curiosidade de conhecer uma pessoa de cem anos. Viu que era um povoado morto, com ruas intermináveis e poeirentas e sombrias casas de madeira com teto de zinco, que pareciam desabitadas. Assim era o povoado no domingo: ruas sem árvores, casas com telas nas janelas e um céu profundo e maravilhoso sobre um calor asfixiante. Achou que não havia ali nenhum sinal que permitisse distinguir o domingo de outro dia qualquer e enquanto caminhava pela rua deserta lembrou-se da mãe: "Todas as ruas de todos os povoados conduzem fatalmente à igreja ou ao cemitério." Naquele instante desembocou em uma pequena praça calçada de pedras com um edifício caiado com uma torre e um galo de madeira no cume e um relógio parado nas quatro e dez.

Sem apressar-se, atravessou a praça, subiu os três degraus do átrio e imediatamente sentiu o cheiro do envelhecido suor humano misturado com o cheiro do incenso, e entrou na morna penumbra da igreja quase vazia.

O padre Antonio Isabel del Santísimo Sacramento del Altar acabava de subir ao púlpito. Ia começar o sermão quando viu entrar um rapaz com o chapéu na cabeça. Viu-o examinar com seus grandes olhos serenos e transparentes o templo quase vazio. Viu-o sentar-se no último banco, a cabeça inclinada e as mãos sobre os joelhos. Percebeu que era um forasteiro. Estava há mais de 20 anos na terra e poderia reconhecer qualquer um de seus habitantes até pelo cheiro. Sabia, por isso, que o rapaz que acabava de chegar era um forasteiro. Com um olhar breve e intenso observou que era um ser taciturno e um pouco triste e que tinha a roupa suja e amarrotada. *É como se estivesse dormindo com ela há muito tempo*, pensou, com um sentimento que era uma mistura de repugnância e piedade. Depois, porém, vendo-o no banco, sentiu que sua alma transbordava gratidão e dispôs-se a pronunciar para ele o grande sermão de sua vida. *Cristo* — pensava enquanto isso — *permite que ele se lembre de tirar o chapéu para que não tenha de expulsá-lo da igreja.* E começou o sermão.

A princípio falou sem se dar conta de suas palavras. Nem sequer escutava a si próprio. Ouvia apenas a melodia definida e solta que fluía de um manancial adormecido em sua alma desde o princípio do mundo. Tinha a confusa certeza de que as palavras estavam brotando precisas, oportunas, exatas, em ordem e no momento previsto. Sentia que um vapor quente lhe pressionava as entranhas, mas sabia também que o espírito estava limpo de vaidade e que a sensação de prazer que lhe embargava os sentidos não era orgulho, nem rebeldia, nem vaidade, mas sim o puro regozijo de seu espírito em Nosso Senhor.

Em seu quarto, a senhora Rebeca sentia-se desfalecer, compreendendo que dentro em pouco o calor se tornaria insuportável. Se não se sentisse presa ao povoado por um obscuro temor à novidade, teria posto seus trastes em um baú com naftalina e saído a rodar pelo mundo, como fizera seu bisavô, segundo lhe contaram. Intimamente sabia, porém, que estava destinada a morrer no povoado, entre aqueles intermináveis corredores e os nove quartos cujas telas metálicas, pensava, faria substituir por vidros quando parasse o calor. De maneira que ficaria ali, decidiu (e esta era uma decisão que tomava sempre que arrumava a roupa no armário), e decidiu também escrever ao "meu ilustríssimo primo" para que mandasse um padre jovem e ela pudesse ir de novo à igreja com seu chapéu de minúsculas flores de veludo e ouvir outra vez uma missa ordenada e sermões sensatos e edificantes. Amanhã é segunda-feira, pensou, começando a pensar de uma vez no cabeçalho da carta para o bispo (cabeçalho que o coronel Buendía teria qualificado de frívolo e desrespeitoso) quando Argénida abriu bruscamente a porta entelada e exclamou:

— Estão dizendo que o padre ficou doido no púlpito.

A viúva voltou para a porta um rosto outonal e amargo, inteiramente seu.

— Há pelo menos cinco anos que está doido — disse. E continuou absorta na arrumação da roupa, dizendo: — Deve ter visto o diabo outra vez.

— Agora não foi o diabo — disse Argénida.

— Foi quem, então? — perguntou a senhora Rebeca, empertigada, indiferente.

— Agora diz que viu o Judeu Errante.

A viúva sentiu que sua pele se crispava. Um tropel de ideias confusas entre as quais não podia diferençar as telas rompidas, o calor, os pássaros mortos e a peste, passou por sua cabeça ao ouvir essas palavras das quais não se lembrava desde as tardes da infância remota: "O Judeu Errante." E então começou a andar, lívida, gelada, para perto de Argénida que a olhava com a boca aberta.

— É verdade — disse, com uma voz que lhe subiu das entranhas. — Agora percebo por que os passarinhos estão morrendo.

Impulsionada pelo terror, cobriu-se com uma mantilha negra bordada e atravessou com um suspiro o longo corredor e a sala abarrotada de objetos decorativos e a porta da rua e os dois quarteirões que a separavam da igreja, onde o padre Antonio Isabel del Santísimo Sacramento del Altar, transfigurado, dizia: "...Juro-lhes que o vi. Juro-lhes que ele cruzou em meu caminho esta madrugada, quando eu voltava para casa depois de administrar os santos óleos à mulher de Jonás, o carpinteiro. Juro-lhes que tinha o rosto betumado com a maldição do Senhor e que deixava sob seus passos um rastro de cinza ardente."

A palavra estancou, flutuando no ar. Percebeu que não podia conter o tremor das mãos, que todo o seu corpo tremia e que pela coluna vertebral descia lentamente um fio de suor gelado. Sentia-se mal, sentindo o tremor e sentindo a sede e um forte nó nas tripas e um ruído que ressoou como a profunda nota de um órgão em suas entranhas. Então compreendeu a verdade.

Viu que havia gente na igreja e que pela nave central avançava a senhora Rebeca, patética, espetacular, com os braços abertos e o rosto amargo e frio voltado para as alturas. Confusamente compreendeu o que estava acontecendo e teve até a lucidez suficiente para compreender que tinha sido vaidade acreditar que estava patrocinando um milagre. Humildemente apoiou as mãos trêmulas na borda de madeira e retomou o discurso.

— Então caminhou para mim — disse. E desta vez ouviu sua própria voz convincente, apaixonada. — Caminhou para mim e tinha os olhos de esmeralda e o pelo áspero e o cheiro de um bode. E eu levantei a mão para recriminá-lo em nome de Nosso Senhor, e disse-lhe: "Pare. Domingo nunca foi um bom dia para sacrificar um cordeiro."

Quando terminou tinha começado o calor. Aquele calor intenso, sólido e abrasador daquele agosto inesquecível. Mas o padre Antonio Isabel já não notava mais o calor. Sabia que ali, às suas costas, estava o povo outra vez prostrado, surpreendido pelo sermão, mas nem sequer se alegrava com isso. Nem sequer se alegrava com a perspectiva imediata de que o vinho lhe aliviaria a garganta irritada. Sentia-se incômodo e desadaptado. Sentia-se aturdido e não pôde concentrar-se no momento supremo do sacrifício. Há algum tempo lhe ocorria o mesmo, mas agora foi uma distração diferente porque seu pensamento estava embaçado por uma inquietação definida. Pela primeira vez em sua vida conheceu então a soberba. E tal como o havia imaginado e definido em seus sermões, sentiu que a soberba era uma provação igual à sede. Segurou fortemente o sacrário, e disse:

— Pitágoras.

O sacristão, um menino de cabeça raspada e lustrosa, afilhado do padre Antonio Isabel e a quem este tinha escolhido o nome, aproximou-se do altar.

— Recolha a esmola — disse o sacerdote.

O menino piscou, deu uma volta completa e então disse com uma voz quase imperceptível:

— Não sei onde está o prato.

Era verdade. Há meses não se recolhia a esmola.

— Então procure uma sacola grande na sacristia e recolha o mais que puder — disse o padre.

— E o que é que eu digo? — disse o menino.

O padre olhou pensativo o crânio pelado e azul, as articulações pronunciadas. Desta vez foi ele quem piscou:

— Diga que é para desterrar o Judeu Errante — disse, e sentiu que ao dizê-lo suportava um grande peso no coração. Por um momento não ouviu nada além do crepitar dos círios no templo silencioso, e sua própria respiração excitada e difícil. Depois, pondo a mão no ombro do sacristão que o olhava com os olhos redondos espantados, disse:

— Depois pegue o dinheiro e leve para o rapaz que estava sozinho no começo, e diga-lhe que o padre mandou para ele comprar um chapéu novo.

As rosas artificiais

MOVENDO-SE ÀS CEGAS na penumbra do amanhecer, Mina pôs o vestido sem mangas que na noite anterior tinha pendurado junto à cama e revirou o baú em busca das mangas postiças. Procurou-as depois nos pregos das paredes e por trás das portas, se esforçando para não fazer barulho e não despertar a avó cega que dormia no mesmo quarto. Mas quando se acostumou à escuridão, percebeu que a avó tinha se levantado e foi à cozinha perguntar-lhe pelas mangas.

— Estão no banheiro — disse a cega. — Lavei-as ontem à tarde.

Lá estavam elas, penduradas em um arame com dois prendedores de madeira. Ainda estavam úmidas. Mina voltou à cozinha e estendeu as mangas sobre as pedras do fogão. À sua frente, a cega mexia o café, com as pupilas mortas fixas no rebordo de tijolos do corredor, onde havia uma fileira de vasos com ervas medicinais.

— Não apanhe mais minhas coisas — disse Mina. — Nestes dias não se pode contar com o sol.

A cega virou o rosto em direção à voz.

— Eu tinha esquecido que era a primeira sexta-feira — disse.

Após comprovar com uma aspiração profunda que o café já estava pronto, retirou a panela do fogão.

— Ponha um papel por baixo, porque essas pedras estão sujas — disse.

Mina passou o dedo sobre as pedras do fogão. Estavam sujas, mas com uma crosta de fuligem endurecida que não sujaria as mangas se não as esfregassem contra as pedras.

— Se sujar, a culpada será você — disse.

A cega tinha se servido de uma xícara de café.

— Você está com raiva — disse, puxando uma cadeira até o corredor. — É sacrilégio comungar quando se está com raiva.

Sentou-se para tomar o café de frente para as rosas do pátio. Quando soou o terceiro toque para a missa, Mina tirou as mangas do fogão, e ainda estavam úmidas. Mas vestiu-as. O padre Ângelo não lhe daria a comunhão com um vestido de ombros descobertos. Não lavou a cara. Tirou com uma toalha os restos do ruge, apanhou no quarto o livro de orações e a mantilha, e saiu para a rua. Um quarto de hora depois estava de volta.

— Você vai chegar depois do evangelho — disse a cega, sentada diante das rosas do pátio.

Mina passou diretamente para o reservado.

— Não posso ir à missa — disse. — As mangas estão molhadas e toda a minha roupa está sem passar. — Sentiu-se perseguida por um olhar clarividente.

— Primeira sexta-feira e você não vai à missa — disse a cega.

De volta do reservado, Mina serviu-se de uma xícara de café e sentou-se junto à soleira da porta, ao lado da cega. Mas não pôde tomar o café.

— A culpa é sua — murmurou, com um rancor surdo, sentindo que se afogava em lágrimas.

— Você está chorando — exclamou a cega.

Pôs o regador junto dos vasos de orégão e saiu ao pátio, repetindo:

— Você está chorando.

Mina pôs a xícara no chão antes de se levantar.

— Estou chorando de raiva — disse. E acrescentou ao passar perto da avó: — Você tem que se confessar, porque você me fez perder a comunhão da primeira sexta-feira.

A cega permaneceu imóvel esperando que Mina fechasse a porta do quarto. Depois andou até o fim do corredor. Inclinou-se, tateando, até encontrar no chão a xícara intacta. Enquanto derramava o café na panela de barro, continuou dizendo:

— Deus sabe que eu tenho a consciência tranquila.

A mãe de Mina saiu do quarto.

— Com quem você está falando? — perguntou.

— Com ninguém — disse a cega. — Já lhe disse que estou ficando louca.

Trancada no seu quarto, Mina desabotoou o corpete e tirou três chavezinhas que levava penduradas com um alfinete de segurança. Com uma das chaves abriu a gaveta inferior do armário e tirou um baú de madeira em miniatura. Abriu-o com a outra chave. Dentro tinha um pacote de cartas em folhas coloridas, atadas com um elástico. Guardou-as no corpete, pôs o bauzinho em seu lugar e voltou a fechar a gaveta com chave. Depois foi ao banheiro e jogou as cartas na privada.

— Pensei que você estivesse na missa — disse-lhe a mãe.

— Ela não pôde ir — interveio a cega. — Eu me esqueci de que era a primeira sexta-feira e lavei as mangas ontem à tarde.

— Ainda estão úmidas — murmurou Mina.

— Ela teve que trabalhar muito esses dias — disse a cega.

— Tenho que entregar cento e cinquenta dúzias de rosas na Páscoa — disse Mina.

O sol esquentou cedo. Antes das sete, Mina instalou na sala seus apetrechos para fazer rosas artificiais: uma cesta cheia de pétalas e arames, uma caixa de papel crepom, duas tesouras, um rolo de barbante e um vidro de cola. Pouco depois chegou Trinidad, com sua caixa de papelão debaixo do braço, perguntando-lhe por que não tinha ido à missa.

— Não tinha mangas — disse Mina.

— Podia arranjar emprestadas — disse-lhe Trinidad.

Puxou uma cadeira para sentar-se junto à cesta de pétalas.

— Já era tarde — disse Mina.

Terminou uma rosa. Depois aproximou a cesta para frisar as pétalas com a tesoura. Trinidad pôs a caixa de papelão no chão e entrou no trabalho.

Mina examinou a caixa.

— Você comprou sapatos? — perguntou.

— São ratos mortos — disse Trinidad.

Como Trinidad era habilíssima em frisar pétalas, Mina resolveu fazer talos de arame forrados com papel verde. Trabalharam em silêncio sem notar o sol que avançava na sala decorada com quadros idílicos e fotografias familiares. Quando acabou os talos, Mina voltou para Trinidad um rosto que parecia feito de algo imaterial. Trinidad frisava com admirável desembaraço, movendo apenas a ponta dos dedos, as pernas muito juntas. Mina observou seus sapatos masculinos. Trinidad evitou o olhar, sem levantar a cabeça, apenas arrastando os pés para trás e interrompeu o trabalho.

— Que aconteceu? — disse.

Mina inclinou-se para ela.

— Foi-se embora — disse.

Trinidad soltou as tesouras no colo.

— Não.

— Foi — repetiu Mina.

Trinidad olhou-a sem piscar. Uma ruga vertical dividiu suas sobrancelhas.

— E agora? — perguntou.

Mina respondeu sem tremor na voz.

— Agora, nada.

Trinidad despediu-se antes das dez.

Liberada do peso de sua intimidade, Mina reteve-a por um momento, para jogar os ratos mortos no reservado. A cega estava podando as roseiras.

— Adivinha o que tenho nesta caixa — disse-lhe Mina ao passar por ela.

Balançou com os ratos.

A cega prestou atenção.

— Balance-a outra vez — disse.

Mina repetiu o movimento, mas a cega não pôde identificar os objetos, depois de escutar pela terceira vez com o indicador apoiado no lóbulo da orelha.

— São ratos que caíram esta noite nas ratoeiras da igreja — disse Mina.

Na volta passou junto à cega sem falar. Mas a cega seguiu-a. Quando chegou à sala, Mina estava sozinha junto à janela fechada, acabando as rosas artificiais.

— Mina — disse a cega. — Se você quer ser feliz, não se confesse com estranhos.

Mina olhou-a sem falar. A cega ocupou a cadeira diante dela e tentou intervir no trabalho. Mina impediu-a.

— Você está nervosa — disse a cega.

— Por culpa sua — disse Mina.

— Por que você não foi à missa? — perguntou a cega.

— Você sabe melhor do que ninguém.

— Se tivesse sido pelas mangas você não teria tido o trabalho de sair de casa — disse a cega. — No caminho tinha alguém esperando e que lhe causou alguma contrariedade.

Mina passou as mãos diante dos olhos da avó, como que limpando um cristal invisível.

— Você é adivinha — disse.

— Você foi ao banheiro duas vezes esta manhã — disse a cega. — Nunca vai mais de uma vez.

Mina continuou fazendo rosas.

— Você seria capaz de me mostrar o que está guardado na gaveta do armário? — perguntou a cega.

Sem se apressar Mina espetou a rosa no marco da janela, tirou as três chavezinhas do corpete e colocou-as nas mãos da cega. Ela mesma fechou-lhe os dedos.

— Vai lá e olha com seus próprios olhos — disse.

A cega examinou as chavezinhas com as pontas dos dedos.

— Meus olhos não podem ver no fundo do reservado.

Mina levantou a cabeça e então experimentou uma sensação diferente: sentiu que a cega sabia que a estava olhando.

— Se você está tão interessada nas minhas coisas, pule no fundo da fossa — disse.

A cega evitou a interrupção.

— Você sempre escreve na cama até de madrugada — disse.

— Você mesma apaga a luz — disse Mina.

133

— E depois você acende a lanterna portátil — disse a cega. — Pela sua respiração eu poderia então dizer o que está escrevendo.

Mina fez um esforço para não se alterar.

— Bom — disse sem levantar a cabeça. — Supondo que seja assim, o que tem isso de particular?

— Nada — respondeu a cega. — Só que eu fiz você perder a comunhão da primeira sexta-feira.

Mina recolheu com as duas mãos o rolo de barbante, as tesouras e um punhado de talos e rosas sem terminar. Pôs tudo dentro da cesta e encarou a cega.

— Você quer então que eu diga o que é que fui fazer no reservado? — perguntou. As duas permaneceram em suspenso, até que Mina respondeu à sua própria pergunta: — Fui cagar.

A cega jogou as três chavezinhas na cesta.

— Seria uma boa desculpa — murmurou, dirigindo-se à cozinha. — Você teria me convencido se não fosse a primeira vez em sua vida que eu ouço você dizer uma vulgaridade.

A mãe de Mina vinha pelo corredor em sentido contrário, carregada de galhos espinhosos.

— Que houve? — perguntou.

— Houve que eu estou louca — disse a cega. — Mas pelo visto só me mandarão para o manicômio quando eu começar a jogar pedras.

Os funerais da Mamãe Grande

ESTA É, INCRÉDULOS do mundo inteiro, a verdadeira história da Mamãe Grande, soberana absoluta do reino de Macondo, que viveu em função de domínio durante 92 anos e morreu com cheiro de santidade numa terça-feira de setembro passado e a cujos funerais veio o Sumo Pontífice.

Agora que a nação sacudida em suas entranhas recobrou o equilíbrio; agora que os gaiteiros de San Jacinto, os contrabandistas da Guajira, os arrozeiros do Sinu, as prostitutas de Guacamayal, os feiticeiros da Sierpe e os bananeiros de Aracataca penduraram suas redes para restabelecer-se da extenuante vigília e que recuperaram a serenidade e voltaram a tomar posse de seus cargos o presidente da República e seus ministros e todos aqueles que representaram o poder público e as potências sobrenaturais na mais esplêndida ocasião funerária que registram os anais históricos; agora que o Sumo Pontífice subiu aos Céus em corpo e alma e que é impossível transitar em Macondo por causa das garrafas vazias, das pontas de cigarro, dos ossos roídos, das latas e trapos e excrementos deixados pela multidão que veio ao enterro, agora é a hora de encostar um tamborete à porta da rua e começar a contar desde o princípio os pormenores desta comoção nacional, antes que os historiadores tenham tempo de chegar.

Há quatorze semanas, depois de intermináveis noites de cataplasmas, sinapismos e ventosas, demolida pela delirante agonia, a Mamãe Grande ordenou que a sentassem em sua velha cadeira de balanço de cipó para expressar sua última vontade. Era o único requisito que lhe faltava para morrer. Aquela manhã, por intermédio do padre Antonio Isabel, tinha arrumado os negócios de sua alma e só lhe faltava arrumar os de suas arcas com os nove sobrinhos, seus herdeiros universais, que velavam em torno do leito. O pároco, falando sozinho e prestes a completar cem anos, permanecia no quarto. Foram precisos dez homens para subi-lo até o quarto da Mamãe Grande, e decidira-se que ele ficaria ali, para não se ter de descê-lo e tornar a subi-lo no minuto final.

Nicanor, o sobrinho mais velho, hercúleo e montanhês, vestido de cáqui, botas com esporas e um revólver calibre 38, cano longo, ajustado sob a camisa, foi em busca do notário. A enorme mansão de dois andares, cheirando a melaço e a orégão, com seus escuros aposentos abarrotados de grandes arcas e quinquilharias de quatro gerações convertidas em pó, paralisara-se desde a semana anterior na expectativa daquele momento. No profundo corredor central, cheio de ganchos nas paredes, onde em outro tempo se penduravam porcos esfolados e se sangravam veados nos sonolentos domingos de agosto, os peões dormiam amontoados sobre sacos de sal e instrumentos agrícolas, esperando a ordem de selar os cavalos para divulgar a má notícia no âmbito da fazenda imensurável. O resto da família estava na sala. As mulheres lívidas, esgotadas pela herança e pela vigília, guardavam um luto fechado que era uma soma de incontáveis lutos superpostos. A rigidez matriarcal da Mamãe Grande tinha cercado sua fortuna e seu nome com uma auréola sacramental, dentro da qual os tios se casavam com as filhas das sobrinhas, e os primos com as tias, e os irmãos com as cunhadas, até formar um intrincado emaranhado de consanguinidade que converteu a procriação em um círculo vicioso. Só Magdalena, a menor das sobrinhas, logrou escapar ao cerco; aterrorizada pelas alucinações, fez-se exorcizar pelo padre Antonio Isabel, raspou a cabeça e renunciou às glórias e vaidades do mundo no noviciado da Prefeitura Apostólica. À margem da família oficial, e em exercício do direito de pernada, os varões tinham fecundado fazendas, lugarejos e casarios com toda uma descendência bastarda, que circulava entre a criadagem sem nome a título de afilhados, dependentes favoritos e protegidos da Mamãe Grande.

A iminência da morte removeu a extenuante expectativa. A voz da moribunda, acostumada à homenagem e à obediência, não foi mais sonora que um baixo de órgão no quarto fechado, mas ressoou nos mais afastados rincões da fazenda. Ninguém era indiferente a essa morte. Durante o presente século, a Mamãe Grande fora o centro de gravidade de Macondo, como seus irmãos, seus pais e os pais de seus pais o foram no passado, em uma hegemonia que preenchia dois séculos. A aldeia foi fundada em torno de seu nome. Ninguém conhecia a origem, nem o limite nem o valor real do patrimônio, mas todo mundo acostumara-se a acreditar que a Mamãe Grande era dona das águas correntes e paradas, chovidas e por chover, e dos caminhos vicinais, dos postes do telégrafo, dos anos bissextos e do calor e que tinha além disso um direito herdado sobre vida e fazendas. Quando se sentava para gozar a fresca da tarde na varanda de sua casa, com todo o peso de suas vísceras e de sua autoridade aplastado em sua velha cadeira de balanço de cipó, parecia de fato infinitamente rica e poderosa, a matrona mais rica e poderosa do mundo.

A ninguém teria ocorrido pensar que a Mamãe Grande fosse mortal, salvo aos membros de sua tribo, e a ela mesma, aguilhoada pelas premonições senis do padre Antonio Isabel. Ela acreditava, porém, que viveria mais de 100 anos, como sua avó materna, que na guerra de 1875 enfrentou uma patrulha do coronel Aureliano Buendía, entrincheirada na cozinha da fazenda. Só em abril deste ano a Mamãe Grande compreendeu que Deus não lhe concederia o privilégio de liquidar pessoalmente, em franca refrega, uma horda de maçons federalistas.

Na primeira semana de dores o médico da família entreteve-a com cataplasmas de mostarda e meias de lã. Era um médico hereditário, laureado em Montpellier, contrário por convicção filosófica aos progressos de sua ciência, a quem a Mamãe Grande havia concedido a prebenda de que se proibisse o estabelecimento de outros médicos em Macondo. Houve uma época em que ele percorria o povoado a cavalo, visitando os lúgubres enfermos do entardecer e a natureza concedeu-lhe o privilégio de ser pai de numerosos filhos alheios. O artritismo, porém, ancilosou-o numa rede e acabou por atender os seus pacientes sem visitá-los, por meio de suposições, mexericos e recados. Solicitado pela Mamãe Grande, atravessou a praça de pijama, apoiado em duas bengalas, e se instalou no quarto da doente. Só quando compreendeu que a Mamãe Grande agonizava, mandou trazer uma arca com frascos de porcelana com inscrições em latim e durante três semanas besuntou a moribunda por dentro e por fora com todo tipo de emplastros acadêmicos, julepes magníficos e supositórios magistrais. Depois aplicou-lhe sapos defumados no lugar da dor e sanguessugas nos rins, até a madrugada daquele dia em que teve que enfrentar a alternativa de fazê-la sangrar pelo barbeiro ou exorcizar pelo padre Antonio Isabel.

Nicanor mandou buscar o pároco. Seus dez melhores homens o levaram da casa paroquial até o dormitório da Mamãe Grande, sentado na sua crepitante cadeira de balanço de vime sob o bolorento pálio das grandes ocasiões.

A campainha do Viático no morno amanhecer de setembro foi o primeiro aviso aos habitantes de Macondo. Quando o sol apareceu, a pracinha em frente à casa de Mamãe Grande parecia uma feira rural.

Era como uma lembrança de outra época. Até completar 70 anos, a Mamãe Grande comemorou seu aniversário com as feiras mais prolongadas e tumultuosas de que se tem memória. Punham-se garrafões de aguardente à disposição do povo, sacrificavam-se reses na praça pública e uma banda de música instalada em um palanque tocava sem parar durante três dias. Debaixo das amendoeiras empoeiradas onde na primeira semana do século acamparam as legiões do coronel Aureliano Buendía, vendiam-se aguardente de arroz, pamonhas, chouriços, torresmos, pastéis, salsichas, bolinhos de aipim, pãezinhos de queijo, bolinhos de milho, empadas, linguiças, dobradinhas, cocadas, garapas, entre todos os tipos de miudezas, bagatelas, cacarecos e trambolhos, e ingressos de rinhas de galo e bilhetes de loteria. Em meio à confusão da multidão alvoroçada, vendiam-se quadros e escapulários com a imagem da Mamãe Grande.

As festividades começavam na antevéspera e terminavam no dia do aniversário, com um estrondo de fogos de artifício e um baile familiar na casa da Mamãe Grande. Os seletos convidados e os membros legítimos da família, generosamente servidos pelos bastardos, dançavam ao compasso da velha pianola equipada com rolos da moda. Mamãe Grande presidia a festa do fundo do salão, em uma poltrona com almofadas de linho, distribuindo discretas instruções com sua mão direita adornada de anéis em todos os dedos. Às vezes de cumplicidade com os namorados, mas quase sempre aconselhada por sua própria inspiração, naquela noite engrenava os casamentos do ano entrante. Para coroar a festa, a Mamãe Grande saía ao balcão enfeitado com diademas e lanternas de papel, e jogava moedas para a multidão.

Aquela tradição fora interrompida, em parte pelas sucessivas divergências da família, em parte pela incerteza política dos últimos tempos. As novas gerações conheceram apenas de ouvido aquelas manifestações de esplendor. Não chegaram a ver a Mamãe Grande na missa principal, abanada por algum membro do poder civil, desfrutando o privilégio de não se ajoelhar nem mesmo na hora da elevação para não estragar sua saia de volantes holandeses e suas anáguas engomadas de cambraia. Os velhos recordavam como uma alucinação da juventude os duzentos metros de tapete que se estenderam da casa-grande até o altar-mor, na tarde em que Maria del Rosário Castañeda y Montero assistiu aos funerais de seu pai, e voltou pela rua atapetada investida de sua nova e irradiante dignidade, transformada aos 22 anos de idade na Mamãe Grande. Aquela visão medieval pertencia então não só ao passado da família, como ao passado da nação. Cada vez mais imprecisa e distante, visível somente em seu balcão sufocado então pelos gerânios nas tardes de calor, Mamãe Grande esfumava-se em sua própria lenda.

Sua autoridade exercia-se através de Nicanor. Existia a promessa tácita, formulada pela tradição, de que no dia em que a Mamãe Grande lacrasse seu testamento, os herdeiros decretariam três noites de festejos públicos. Sabia-se também, todavia, que ela decidira não expressar a sua última vontade até poucas horas antes de morrer e ninguém pensava seriamente na possibilidade de que a Mamãe Grande fosse mortal. Somente naquela madrugada, acordados pelos chocalhos do Viático, os habitantes de Macondo se convenceram de que a Mamãe Grande não só era mortal, como também estava morrendo.

Sua hora tinha chegado. Na cama acortinada, lambuzada de aloés até as orelhas, sob o toldo de escumilha empoeirada, apenas se adivinhava a vida na tênue respiração de suas tetas matriarcais. Mamãe Grande, que até os cinquenta anos recusara os mais apaixonados pretendentes, e que fora dotada pela natureza para amamentar sozinha toda a sua espécie, agonizava virgem e sem filhos. No momento da extrema-unção, o padre Antonio Isabel teve que pedir ajuda para lhe aplicar os óleos na palma das mãos, pois desde o início de sua agonia a Mamãe Grande tinha os punhos cerrados. De nada adiantou a ajuda das sobrinhas. Em sua resistência, pela primeira vez em uma semana, a moribunda apertou contra o peito a mão constelada de pedras preciosas e fixou nas sobrinhas um olhar sem cor, dizendo: "Assaltantes." Depois viu o padre Antonio Isabel em indumentária litúrgica e o sacristão com os instrumentos sacramentais e murmurou com uma convicção tranquila: "Estou morrendo." Tirou então o anel com o Diamante Maior e deu-o a Magdalena, a noviça, a quem tocava, por ser a herdeira caçula. Aquele era o final de uma tradição: Magdalena tinha renunciado à herança em favor da Igreja.

Ao amanhecer, a Mamãe Grande pediu que a deixassem a sós com Nicanor para transmitir suas últimas instruções. Durante meia hora, com perfeito domínio de suas faculdades, informou-se sobre o andamento dos negócios. Deu instruções especiais sobre o destino de seu cadáver e por último ocupou-se do velório. "Você precisa ficar com os olhos abertos", disse. "Guarde sob chave todas as coisas de valor, pois muita gente só vai aos velórios para roubar." Pouco depois, a sós com o pároco, fez uma confissão dispendiosa, sincera e detalhada, e comungou mais tarde na presença dos sobrinhos. Foi então que pediu que a sentassem na cadeira de balanço de cipó para expressar sua última vontade.

Nicanor tinha preparado, em vinte e quatro folhas escritas com letra bem clara, uma escrupulosa relação de seus bens. Respirando tranquilamente, com o médico e o padre Antonio Isabel por testemunhas, a Mamãe Grande ditou ao notário a lista de suas propriedades, fonte suprema e única de sua grandeza e autoridade. Reduzido às suas proporções reais, o patrimônio físico se limitava a três sesmarias adjudicadas por Cédula Real durante a Colônia, e que com o transcurso do tempo, em virtude de intrincados casamentos de conveniência, tinham-se acumulado sob o domínio da Mamãe Grande. Nesse território ocioso, sem limites definidos, que abarcava cinco municípios e no qual jamais se semeou um só grão por conta dos proprietários, viviam a título de arrendatárias 352 famílias. Todos os anos, em vésperas de seu aniversário, a Mamãe Grande exercia o único ato de domínio que havia impedido o retorno das terras ao estado: a cobrança dos arrendamentos. Sentada no pátio interior da casa, ela recebia pessoalmente o pagamento pelo direito de habitar em suas terras, como durante mais de um século o receberam seus antepassados dos antepassados dos arrendatários. Passados os três dias da coleta, o pátio estava abarrotado de porcos, perus e galinhas e dos dízimos e primícias sobre os frutos da terra que se depositavam ali como presentes. Na realidade, essa era a única colheita que a família extraía de um território morto desde suas origens, calculado à primeira vista em 100 mil hectares. As circunstâncias históricas haviam disposto, porém, que dentro desses limites crescessem e prosperassem os seis povoados do distrito de Macondo, inclusive a cabeça do município, de modo que todos os que habitavam uma casa teriam direito de propriedade apenas sobre o material, pois a terra pertencia à Mamãe Grande e a ela se pagava o aluguel, como o governo tinha que pagá-lo pelo uso que os cidadãos faziam das ruas.

Nos arredores dos povoados vagava um número jamais contado de animais marcados nos quartos traseiros com a forma de um cadeado. A marca hereditária, que mais pela desordem que pela quantidade se tinha feito familiar em remotos municípios aonde chegavam no verão, mortas de sede, as reses dispersas, era um dos mais sólidos suportes da lenda. Devido a razões que ninguém se detivera a explicar, as extensas cavalariças da casa esvaziaram-se progressivamente desde a última guerra civil, e nos últimos tempos instalaram-se nelas trapiches de cana, currais de ordenha e uma usina de arroz.

Fora o enumerado, constava do testamento a existência de três potes cheios de moedas de ouro, enterrados em algum lugar da casa durante a guerra da Independência, que não foram encontrados em periódicas e laboriosas escavações. Com o direito de continuar a exploração da terra arrendada e de receber os dízimos e primícias e todo tipo de dádivas extraordinárias, os herdeiros recebiam também um mapa levantado de geração em geração, e aperfeiçoado por cada geração, que facilitaria o encontro do tesouro enterrado.

Mamãe Grande precisou de três horas para enumerar seus assuntos terrenos. No abafamento do quarto, a voz da moribunda parecia dignificar em seu lugar cada coisa enumerada. Quando estampou sua assinatura trêmula, e sob ela as testemunhas estamparam as suas, um tremor secreto sacudiu o coração da multidão que começava a concentrar-se diante da casa, à sombra das amendoeiras empoeiradas.

Só faltava então o relato minucioso dos bens morais. Fazendo um esforço supremo — o mesmo que fizeram seus antepassados antes de morrer para assegurar o predomínio de sua espécie — Mamãe Grande ergueu-se sobre as nádegas monumentais, e com voz dominante e sincera, abandonada à sua memória, ditou ao notário a lista de seu patrimônio invisível:

A riqueza do subsolo, as águas territoriais, as cores da bandeira, a soberania nacional, os partidos tradicionais, os direitos do homem, as liberdades do cidadão, o primeiro magistrado, a segunda instância, a terceira discussão, as cartas de recomendação, as contingências históricas, as eleições livres, as rainhas de beleza, os discursos transcendentais, as grandiosas manifestações, as distintas senhoritas, os corretos cavalheiros, os pundonorosos militares, sua senhoria ilustríssima, a corte suprema de justiça, os artigos de importação proibida, as damas liberais, o problema da carne, a pureza da linguagem, os exemplos para o mundo, a ordem jurídica, a imprensa livre mas responsável, a Atenas sul-americana, a opinião pública, as lições democráticas, a moral cristã, a escassez de divisas, o direito de asilo, o perigo comunista, a nave do estado, a carestia da vida, as tradições republicanas, as classes desfavorecidas, as mensagens de adesão.

Não chegou a terminar. A trabalhosa enumeração abreviou seu último suspiro. Afogando-se no *mare magnum* de fórmulas abstratas que durante dois séculos constituíram a justificação moral do poderio da família, Mamãe Grande emitiu um sonoro arroto e expirou.

Os habitantes da capital distante e sombria viram nessa tarde o retrato de uma mulher de vinte anos na primeira página das edições extraordinárias e pensaram que era uma nova rainha de beleza. Mamãe Grande vivia outra vez a momentânea juventude de sua fotografia, ampliada em quatro colunas e com retoques urgentes, a abundante cabeleira presa no alto do crânio com um pente de marfim e um diadema sobre a gola de rendas. Aquela imagem, captada por um fotógrafo ambulante que passou por Macondo no começo do século e arquivada pelos jornais durante muitos anos na divisão de personagens desconhecidos, estava destinada a perdurar na memória das gerações futuras. Nos ônibus decrépitos, nos elevadores dos ministérios, nos lúgubres salões de chá forrados de pálidos cartazes, sussurrou-se com veneração e respeito sobre a autoridade morta em seu distrito de calor e malária, cujo nome se ignorava no resto do país até há poucas horas, antes de ser consagrado pela palavra impressa. Uma chuvinha miúda cobria os transeuntes de receio e de limo. Os sinos de todas as igrejas dobravam a finados. O presidente da República, surpreendido pela notícia quando se dirigia para o ato de graduação dos novos cadetes, sugeriu ao ministro da Guerra, em um bilhete escrito de seu próprio punho e letra no avesso do telegrama, que concluísse seu discurso com um minuto de silêncio em homenagem à Mamãe Grande.

A ordem social fora arranhada pela morte. O próprio presidente da República, a quem os sentimentos urbanos chegavam como que através de um filtro de purificação, pôde perceber de seu automóvel, em uma visão instantânea mas até certo ponto brutal, a silenciosa consternação da cidade. Só permaneciam abertos alguns botequins vagabundos, e a Catedral Metropolitana, preparada para nove dias de honras fúnebres. No Capitólio Nacional, onde os mendigos envoltos em papéis dormiam ao amparo de colunas dóricas e taciturnas estátuas de presidentes mortos, as luzes do Congresso estavam acesas. Quando o primeiro mandatário entrou em seu gabinete, comovido pela visão da capital enlutada, seus ministros o esperavam vestidos de tafetás funerários, de pé, mais solenes e pálidos do que de costume.

Os acontecimentos daquela noite e das seguintes seriam mais tarde definidos como uma lição histórica. Não só pelo espírito cristão que inspirou os mais elevados personagens do poder público, como pela abnegação com que se conciliaram interesses díspares e critérios contrapostos, no propósito comum de enterrar um cadáver ilustre. Durante muitos anos Mamãe Grande garantira a paz social e a concórdia política de seu império, em virtude dos três baús de cédulas eleitorais falsas que formavam parte de seu patrimônio secreto. Os varões da criadagem, seus protegidos e arrendatários, maiores e menores de idade, exerciam não só seu próprio direito de sufrágio, como também o dos eleitores mortos em um século. Ela era a prioridade do poder tradicional sobre a autoridade transitória, o predomínio da classe sobre a plebe, a transcendência da sabedoria divina sobre a improvisação mortal. Em tempos pacíficos, sua vontade hegemônica concedia, e retirava prelazias, prebendas e sinecuras, e velava pelo bem-estar dos associados mesmo que para consegui-lo tivesse que recorrer à trapaça ou à fraude eleitoral. Em tempos tormentosos, Mamãe Grande contribuiu em segredo para armar seus partidários e prestou de público socorro às vítimas. Esse zelo patriótico a credenciava às mais altas honras.

O presidente da República não precisara recorrer aos seus conselheiros para medir o peso de sua responsabilidade. Entre a sala de audiências do Palácio e o pequeno pátio lajeado que serviu de cocheira aos vice-reis, havia um jardim interior de ciprestes sombrios onde um frade português se enforcou por amor nos últimos tempos da colônia. Apesar de sua ruidosa guarda de oficiais condecorados, o presidente não podia reprimir um ligeiro tremor de inquietação quando passava por esse lugar depois do crepúsculo. Àquela noite, porém, o tremor teve a força de uma premonição. Adquiriu então plena consciência de seu destino histórico, e decretou nove dias de luto nacional, e homenagens póstumas à Mamãe Grande na categoria de heroína morta pela pátria no campo de batalha. Como o expressou no dramático discurso que dirigiu àquela madrugada aos seus compatriotas através da cadeia nacional de rádio e televisão, o primeiro mandatário da nação confiava em que os funerais da Mamãe Grande se constituíssem num novo exemplo para o mundo.

Tão altos propósitos deviam tropeçar sem dúvida em graves inconvenientes. A estrutura jurídica do país, construída por remotos ascendentes da Mamãe Grande, não estava preparada para acontecimentos como os que começavam a se produzir. Sábios doutores da lei, comprovados alquimistas do direito mergulharam em hermenêuticas e silogismos, em busca da forma que permitisse ao presidente da República assistir aos funerais. Viveram-se dias de sobressalto nas altas esferas da política, do clero e das finanças. No vasto hemiciclo do Congresso, rarefeito por um século de legislação abstrata, entre retratos a óleo de próceres nacionais e bustos de pensadores gregos, a evocação da Mamãe Grande alcançou proporções insuspeitáveis, enquanto seu cadáver se enchia de borbulhas no duro setembro de Macondo. Pela primeira vez falou-se dela e pensou-se nela sem sua cadeira de balanço de cipó, seus cochilos às duas da tarde e suas cataplasmas de mostarda, e ela foi vista pura e sem idade, destilada pela lenda.

Horas intermináveis encheram-se de palavras, palavras, palavras que repercutiam no âmbito da República, prestigiadas pelas sumidades da palavra impressa. Até que alguém dotado de sentido da realidade naquela assembleia de jurisconsultos ascéticos interrompeu o blá-blá-blá histórico para lembrar que o cadáver da Mamãe Grande esperava a decisão a 40 graus à sombra. Ninguém se perturbou diante daquela irrupção do senso comum na atmosfera pura da lei escrita. Distribuíram-se ordens para que o cadáver fosse embalsamado, enquanto se encontravam fórmulas, se conciliavam pareceres ou se faziam emendas constitucionais que permitissem ao presidente da República assistir ao enterro.

Tanto se falara, que o palavrório transpôs as fronteiras, ultrapassou o oceano e atravessou como um pressentimento os aposentos pontificais de Castel Gandolfo. Refeito da modorra do ferragosto recente, o Sumo Pontífice estava em sua janela, vendo submergirem no lago os mergulhadores que procuravam a cabeça da donzela decapitada. Nas últimas semanas os jornais da tarde não se tinham ocupado de outra coisa e o Sumo Pontífice não podia ser indiferente a um enigma proposto a tão curta distância de sua residência de verão. Mas naquela tarde, em uma troca imprevista, os jornais substituíram as fotografias das possíveis vítimas pela de uma só mulher de vinte anos de idade, recoberta com uma faixa de luto. "A Mamãe Grande", exclamou o Sumo Pontífice, reconhecendo na hora o manchado daguerreótipo que muitos anos antes lhe tinha sido ofertado por ocasião de sua ascensão ao Trono de São Pedro. "Mamãe Grande", exclamaram em coro em seus aposentos privados os membros do Colégio Cardinalício e pela terceira vez em vinte séculos houve uma hora de confusões, afobações e correrias no império sem limites da cristandade, até que o Sumo Pontífice se achou instalado em sua longa gôndola negra, rumo aos fantásticos e remotos funerais da Mamãe Grande.

Ficaram para trás as luminosas plantações de pêssegos, a Via Ápia Antiga com amenas atrizes de cinema dourando-se nos terraços sem ter ainda notícia da comoção, e depois o sombrio promontório de Castelo de Santo Ângelo no horizonte do Tibre. Ao crepúsculo, o profundo dobrar dos sinos da Basílica de São Pedro entremeava-se com o repicar rachado dos bronzes de Macondo. Sob seu toldo sufocante, através dos canais intrincados e dos lamaçais misteriosos que delimitavam o Império Romano e as fazendas da Mamãe Grande, o Sumo Pontífice ouviu a noite inteira a algazarra dos macacos alvoroçados pela passagem das multidões. Em seu itinerário noturno a canoa pontifícia fora se enchendo de sacos de aipim, cachos de banana verde e jacás de galinha e de homens e mulheres que abandonavam suas ocupações habituais para tentar a fortuna vendendo coisas nos funerais da Mamãe Grande. Sua Santidade padeceu essa noite, pela primeira vez na história da Igreja, a febre da vigília e o tormento dos pernilongos. Mas o prodigioso amanhecer sobre os domínios da Grande Velha, a visão primitiva do reino da balsâmica e da iguana, apagaram de sua memória os padecimentos da viagem e o compensaram do sacrifício.

Nicanor fora despertado por três pancadas na porta que anunciavam a chegada iminente de Sua Santidade. A morte tomara posse da casa. Inspirados por sucessivas e opressivas locuções presidenciais, pelas febris controvérsias dos parlamentares que tinham perdido a voz e continuavam entendendo-se por meio de sinais convencionais, homens e congregações de todo o mundo desinteressaram-se de seus assuntos e encheram com sua presença os escuros corredores, os abarrotados passadiços, os asfixiantes balcões, e os que chegaram atrasados tiveram que subir e acomodar-se da melhor maneira possível em barbacãs, paliçadas, atalaias, madeiramentos e vigias. No salão central, mumificando-se à espera das grandes decisões, jazia o cadáver da Mamãe Grande, sob um tremulante promontório de telegramas. Extenuados pelas lágrimas, os nove sobrinhos velavam o corpo em um êxtase de vigilância recíproca.

O universo teve ainda que prolongar a vigília por muitos dias. No salão do conselho municipal, acondicionado com quatro tamboretes de couro, uma talha de água filtrada e uma rede de fibra, o Sumo Pontífice sofreu uma insônia sudorífera, entretendo-se com a leitura de memoriais e disposições administrativas nas dilatadas noites sufocantes. Durante o dia, distribuía caramelos italianos às crianças que vinham vê-lo pela janela, e almoçava sob a pérgula de flores com o padre Antonio Isabel e ocasionalmente com Nicanor. Assim viveu semanas intermináveis e meses alongados pela expectativa e pelo calor, até que Pastor Pastrana se plantou no meio da praça com seu tarol e leu o comunicado com a decisão. Declarava-se conturbada a ordem pública, rataplã, e o presidente da República, rataplã, lançava mão das faculdades extraordinárias, rataplã, que lhe permitiam assistir aos funerais da Mamãe Grande, rataplã, rataplã, rataplã, plã, plã.

Era chegado o grande dia. Nas ruas congestionadas de roletas, fogareiros de frituras e mesas de jogos, e de homens com cobras enroladas no pescoço que apregoavam o bálsamo definitivo para curar a erisipela e assegurar a vida eterna; na pracinha colorida onde a multidão tinha pendurado seus toldos e desenrolado suas esteiras, galhardos arcabuzeiros abriam caminho para a autoridade. Lá estavam, à espera do momento supremo, as lavadeiras de São Jorge, os pescadores de pérolas do Cabo de Vela, os tarrafeiros de Ciénega, os camaroneiros de Tasajera, os feiticeiros de Monjana, os salineiros de Manaure, os acordeonistas de Valledupar, os camelôs de Ayapel, os plantadores de mamão de San Pelayo, os galistas de La Cueva, os repentistas das Sabanas de Bolívar, os aldrabões de Rebolo, os canoeiros do Magdalena, os rábulas de Mompox, além dos que foram enumerados no começo desta crônica, e muitos outros. Até os veteranos do coronel Aureliano Buendía — o duque de Marlborough à frente, em seu casaco de peles e unhas e dentes de tigre — sobrepuseram-se ao seu rancor centenário pela Mamãe Grande e os de sua casta, e vieram aos funerais, para solicitar ao presidente da República o pagamento das pensões de guerra que esperavam há sessenta anos.

Pouco antes das onze, a multidão delirante que se asfixiava ao sol, contida por uma elite imperturbável de guerreiros uniformizados de dólmãs guarnecidos e espumosas barretinas, lançou um poderoso rugido de júbilo. Dignos, solenes em seus fraques e cartolas, o presidente da República e os ministros; as comissões do Parlamento, a Corte Suprema de Justiça, o Conselho de Estado, os partidos tradicionais e o clero, e os representantes dos bancos, do comércio e da indústria, fizeram sua aparição na esquina do telégrafo. Calvo e rechonchudo, o velho e enfermo presidente da República desfilou diante dos olhos atônitos das multidões que o haviam eleito sem conhecê-lo e que só agora podiam prestar um testemunho verídico de sua existência. Entre os arcebispos extenuados pela gravidade de seu ministério e os militares de robusto tórax couraçado de insígnias, o primeiro mandatário da nação transpirava o hálito inconfundível do poder.

Em um segundo grupo, em um sereno perpassar de rendas de luto, desfilavam as rainhas nacionais de todas as coisas existentes e por existir. Desprovidas pela primeira vez do esplendor terreno, ali passaram, precedidas pela rainha universal, a rainha da manga espada, a rainha da abobrinha verde, a rainha da banana-maçã, a rainha da mandioca-brava, a rainha da goiaba branca, a rainha do coco verde, a rainha do feijão-fradinho, a rainha de 426 quilômetros de fieiras de ovos de iguana, e todas as que omitimos para não tornar esta crônica interminável.

Em seu féretro com panejamentos de púrpura, separada da realidade por oito torniquetes de cobre, a Mamãe Grande estava então por demais embebida em sua eternidade de formol para perceber a magnitude de sua grandeza. Todo o esplendor com que ela havia sonhado no balcão de sua casa durante as vigílias do calor cumpriu-se com aquelas quarenta e oito gloriosas horas em que todos os símbolos da época renderam homenagem à sua memória. O próprio Sumo Pontífice, a quem ela imaginara em seus últimos delírios suspenso em uma carruagem resplandecente sobre os jardins do Vaticano, sobrepôs-se ao calor com um leque de palha trançada e honrou com sua dignidade suprema os maiores funerais do mundo.

Deslumbrado pelo espetáculo do poder, o populacho não percebeu o ávido esvoejar que ocorreu na cumeeira da casa quando se impôs o acordo na disputa dos ilustres, e se retirou o catafalco para a rua nos ombros dos mais ilustres. Ninguém viu a vigilante sombra de urubus que seguiu o cortejo pelas ardentes ruazinhas de Macondo, nem reparou que ao passar dos ilustres elas se iam cobrindo por um pestilento rastro de excrementos. Ninguém percebeu que os sobrinhos, afilhados, servos e protegidos da Mamãe Grande fecharam as portas tão logo foi retirado o cadáver, e desmontaram as portas, despregaram as tábuas e desenterraram os alicerces para dividir a casa. A única coisa que não passou inadvertida a ninguém no fragor daquele enterro foi o estrondoso suspiro de descanso que exalou a multidão quando se completaram os quatorze dias de preces, exaltações e ditirambos, e a tumba foi selada com uma placa de chumbo. Alguns dos presentes dispuseram de clarividência suficiente para compreender que estavam assistindo ao nascimento de uma nova época. Agora o Sumo Pontífice podia subir ao céu em corpo e alma, cumprida sua missão na terra, e o presidente da República podia sentar-se a governar segundo o bom critério, e as rainhas de tudo o que existe e por existir podiam casar-se e ser felizes e conceber e parir muitos filhos, e as multidões podiam erguer suas tendas segundo seu leal modo de ver e entender nos desmesurados domínios da Mamãe Grande, porque a única pessoa que poderia opor-se a isso e tinha suficiente poder para fazê-lo começara a apodrecer sob uma plataforma de chumbo. Só faltava então que alguém encostasse um tamborete na porta para contar esta história, lição e escarmento das gerações futuras, e que nenhum dos incrédulos do mundo ficasse sem conhecer a notícia da morte da Mamãe Grande, porque, amanhã, quarta-feira, virão os varredores e varrerão o lixo de seus funerais, por todos os séculos dos séculos.

Este livro foi composto na tipografia
Minion Pro, em corpo 12/16,5, e impresso em
papel off-white no Sistema Digital Instant Duplex
da Divisão Gráfica da Distribuidora Record.